沃野的风

◎ 侯湘 著

西安出版社

图书在版编目（ＣＩＰ）数据

沃野的风 / 侯湘著. -- 西安 ：西安出版社，
2023.7
ISBN 978-7-5541-6843-1

Ⅰ. ①沃… Ⅱ. ①侯… Ⅲ. ①诗集－中国－当代
Ⅳ. ①I227

中国国家版本馆 CIP 数据核字(2023)第 088936 号

沃野的风
WOYE DE FENG

作　　者：侯 湘
出版发行：西安出版社
社　　址：西安市雁塔区雁南五路 1868 号曲江影视演艺大厦 11 层
电　　话：（029）85253740
邮政编码：710061
印　　刷：陕西信亚印务有限公司
开　　本：889mm×1194mm　1/32
印　　张：9.5
字　　数：36 千字
版　　次：2023 年 7 月第 1 版
印　　次：2023 年 7 月第 1 次
书　　号：ISBN 978-7-5541-6843-1
定　　价：68.00 元

前　言

　　这本诗集共收长短诗 168 首，写作时间从 2015 年至 2022 年，而诗义的思考过程有的长达几十年，是长期生活磨炼的结晶。诗境有祖籍山西、古城西安、大漠新疆、制造业雄起之都广州佛山，乃至万里之遥的南太平洋岛国新西兰。展示的内容分为祖国不了情、忆海拾珠、生命季歌、爱情弦谱四部分。对家国的情怀，对地球自然生态描述及社会意义的探索，是其主旋律。

　　沃野，是指所有来自笔下的诗歌题材，皆生活所赐：是生活发现，浇灌了灵犀源泉，沃野之丰，采撷以报。风，是指所有浅浅清清的文字，都拜风沐浴，入心沉淀，爽意蕊吐。

　　书中所辑诗篇大多在纸媒、电台、网络等平台发表过，今日整理成书：一是让经历的历史事件清晰，回忆变成铅印得以保存；二是对所咏之物认知的留存，后竟而超越；三是感谢长期以来，那些帮助并关心我的期刊、诗友、同学和亲人。

侯　湘

2023 年元月于西安

序

◎ 王佐臣

听说诗友湘夫人即将出版诗集《沃野的风》，我表示祝贺。

先不说这本诗集沉淀的年代之久，也不评跨越的地域辽阔，涉及的范围几乎是地球村，包罗万象。诗集信息量如何浩瀚，意涵深刻。只想说说自己认为的这本诗集亮点，可用一个"情"字包括，并沿着这个主线贯穿始终。在鱼龙混杂、泥沙俱下的今天中国诗坛，欣喜诗友仍高举着爱的旗帜，大力弘扬爱国主义精神，诉说充满童趣又彰显烟火味的往事，芬芳的诗意无不彰显着对生活的热爱及思考，读着这一首首言简意赅的诗句，回首万千往事，倍感字里行间，情也真，意也切。

《沃野的风》与时下那些"假、大、空"的作者、假诗人相比，一扫浊气，清新芬芳。诗言志，文传情。托尔斯泰认为："信仰是活着的力量，人没有信仰就无法生活。信仰对于人生之谜的答复，蕴藏着人类最深刻的智慧。"诗人把自己忠贞家国的信仰、情怀、思想、艺术地揉入诗篇，凸现生存价值，向社会展示满满正能量，多么可亲可敬，值得弘扬与学习。上述个人肺腑之言，连同我对诗人的丝丝敬意，恭贺《沃野的风》诗集出版。

　　搁笔！

　　　　　　　　　　2023 年 1 月于上海

王佐臣：笔名尘缘，作家、散文家、诗人。

目　录

第壹部分　家国不了情

第叁部分 生命季歌

第肆部分　爱情弦谱

壹 家国不了情

祖国颂

—— 恭贺中华人民共和国七十二华诞

悠悠五千年，滋润了华夏灿烂的历史
夸父足音仍在丈量
从星辰到星辰，从岁月到岁月

一部《山海经》至今镌刻着华夏版图
山不可逆转，水不可倾流
物产丰饶民志万象，交与清风叙语

绝唱《史记》
上记周天子吐哺天下归心
下载汉武世家经纶
巨笔如椽写春秋，司马迁禀直揭天下

唐太宗青骢，屠龙游四方
可汗骠骑横跨亚欧

奴颜紫禁城守片土，挡不住

列强倭寇逞凶狂，寸寸河山洄洄泪

南湖小舟竞发，工农武装崛起

韶山升起红太阳，斡旋笔重整河山

母亲脱下褴褛，焕发英姿

七十二载华诞赛风流

联合国里响声威：东风漫卷西方式微

天光地脉逶迤家园

祖国，你是遥远的歌，爱你

唱到天荒地老！

华诞，你是俊美的词，亿万儿女

为你福寿竞折腰！

注：在奥克兰"中华情，祖国颂"大型诗歌会上朗诵。

八一礼赞

我常想，为什么军装这般橄榄绿

前行，一道道松涛起伏，犹如生命劲舞

立定，一座座铁塔雄壮

犹如长城绵延的绿色屏障

那是和平的标志，保家卫国的本色

我常想，为什么八一军旗如此火红

主席的声音传来：

"三年以来以及三十年以来

在人民解放战争和人民革命中

牺牲的人民英雄永垂不朽！"

奠基的花岗石汉白玉象征着英烈精神

化作巍巍丰碑矗立人间

火红象征着将士身躯奉献

象征着军队一路走过的血雨腥风

象征着中华民族万紫千红的伟大复兴

我常想，为什么军功章金光闪闪

犹如太阳辉映，那是英雄本色的冶炼

"不要管我，向我开炮！"

是浴血战场王成式的辉煌！

以血肉之躯，奋勇拦截 2008 长江特大洪流

那是天灾时刻军人的威武群雕！

歼机—20 空中画出优美的弧线

那是国防实力的金盾！

昆仑山卡的武警

放下枪拿起锄耙的兵团战士

城市公安、特殊的消防警、香港治安警

海军、空军、火箭炮部队

他们构成新中国军队的强大阵容

拥有一个共同的节日——八一建军节

从八一南昌起义第一声枪响

到秋收起义的雷霆暴动

从罗霄山脉的旌旗猎猎

到延安风涌的红色武装

先进的共产党人

以小米加步枪开创了新民主主义革命的奇迹

以运动战、游击战、持久战奠定了

中国式的战略传奇

以四大战役奏响了解放战争的隆隆炮响

长征，抗美援朝

更把战争的残酷、军人的荣耀

镌刻进中华民族的史册

我常想为什么军人如此恩重情长

一位解放战争的老兵告诉我

山西翼城西闫石河村同批参军的三十几个兄弟中

看到新中国的仅三人

从此战友不分彼此，相濡一家亲

这就是我的父亲，一位 14 岁参军

新中国成立后带着一条伤腿走进公安战线的英俊

勇士

神州 960 万平方公里的安康

有忠诚军人护守

万里海疆的每一顷波涛

澎湃着人民对军人的崇高敬意

军民鱼水情深

尺牍诉不尽关山岁月峥嵘

中国军队 94 岁诞辰

华灯已点燃，礼炮正轰鸣

和平鸽翱翔凌空

铜墙铁壁的军队保护着华夏安宁

维持着世界和平！

注：这首诗在 2021 年 8 月 1 日，新西兰 936 电台播出。

当代后稷

心系百姓

风雨中穿梭稻菽

记不清无数次的锋芒嫁接

为的是稻花香，民平安

经纶水稻

寻常日子里载春秋

改天换地

人称袁公，当代水稻杂交之父

手握共和国土地命脉

唯尔权重

唯尔无私

颗粒恩德如不落星辰

古有后稷教人稼穑

今有隆平分蘖粮仓

国强盛，民安康

你是共和国的定海神针

心系苍生

14 亿碧海翻卷大爱

丰收聚成金字塔

一尊守门雕像，后世敬仰

注：哀悼中国水稻之父——91 岁袁隆平 2021 年 5 月 22 日
逝世。

又见重阳

那年那月重阳日

突兀的三角地域

你迎着寒风伫立，翘望

未见邀客

鬓角白发任一缕缕乱风吹起

米色风衣积蓄着

股股热流

温暖着孙女将要走出国门的手

那年那月重阳日

宴客厅里欢声如海

饭菜已凉

你坐下又站起，穿梭门外

直等到熟悉的人影迟迟出现

握手就坐言：

今晚的月亮真凉

今年今日重阳日

你早已仙逝

十八年前的合掌花依然盛开

盛宴上

只见老友多了副轮椅

你非你，他非他

老暮唏嘘

哪年哪月哪日

重阳的酒再次斟满

流溢在两个太阳间

一个是你，已知

另一个似我还是似他

任凭岁月磨镰

重阳，不一样的日子

重阳，太曾相识……

注：写于父亲生前最后一个重阳日，送孙女出国门。

寒衣送暖

心灯，泊在幽幽的水面缓行

涟漪奏着起伏的哀歌

水中之舞淹没了呼唤

岸堤汀兰披上了凝妆

寒风鼓起双桨，吹皱涟漪复涟漪

心灯驶出澹澹光带

天上的星宿投下注目的眼神

水陆空一起澄亮

为送寒衣的女儿照亮征程

别离不远

今宵阴阳门隙，你悄悄来

憧憧貌，唯我孤寂守候

衣襟里，缀上密密匝匝的针线

是千丝万缕缠结的百岁御寒衣

暖近二十年来逝世的

我的父亲，我的父辈亲人

针尖缀着思念的泪珠儿

你们是

我的灵魂至爱

今世的不朽篇章！

注：祭祀侯安森（父）、侯安金（叔父）、黄启明（大舅）。
父辈战友至亲：张奎喜夫妇、张德仁夫妇、韩民学、张信良、申
四宝等前辈。

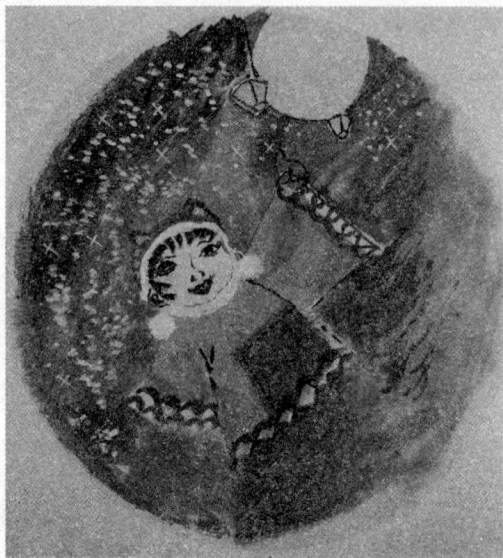

又逢九月九

一条条心链起伏汹涌

爱人民者

人民永志

"雄鸡"版图开满菊花

又逢九月九

曾记否

星星之火破狼烟

摧枯拉朽铸中华

脚下雄关漫道真如铁

胸中五千年史书贯长耳

笔下雄文百万，文武韬略

马列主义是引路人

曾记否

湘江起势，黄河扬帆

长江巡天，赳赳援朝

从没有一个领袖像你
具有中华民族的铮铮傲骨
从少年、青年到一代伟人！

从没有一个领袖像你
节俭的百衲衣不离床榻
无私血脉中（泽民弟、泽覃弟、堂妹、开慧妻、岸英儿）
弟妹，爱子，侄子捐躯
做了新中国奠基人

从没有一个领袖像你
兼具政治家英明，军事家韬略
文学家旷逸，哲学家睿智

又逢九月九
菊花（泪花）绽放千簇万丛
滋养神州
苍天亦青，江河溢满，沃土葳蕤

注：中国版图形似雄鸡。

丹心献给党

小引：中国共产党百年诞辰，没看到这一天的父亲于2003年病逝。建军76年纪念日，父亲吃完饺子喝完庆功小酒，说去看战友，从此一去不返……

烽火连天的解放战争
侦查排长的父亲
身心敏捷灵动，多少次迎着呼啸的子弹
西北战场侦察，传递军事情报

红旗飘扬的 1949 年底
父亲带着右腿弹片
走进新疆公安厅二处
从明战场转入暗战场

火线入党到 2003 年病逝
他始终珍藏着三枚勋章
一枚是金光闪闪的解放勋章

镌刻着"八一"鲜红二字

一枚是沉甸甸的作战立功勋章

还有一枚公安勋章，装在精美匣子里

山西翼城西闫乡石河村老家漆黑大门上

至今悬挂着50年代政府颁发的"光荣军属"额匾

侯氏家族从爷爷（侯宪臣）起

就和陈赓地下党有不解之缘

跑交通，筹银两，送情报

整洁的四妈当过前线妇救会主任

任团长的二伯被告密捐躯

三伯跟着父亲跑交通、筹银两

四伯任团长、参谋、部队教官

老五的父亲

14岁瞒家人参加共产党西北二军

西北惨烈的扶眉战役前夕

爷爷专程前去鼓励儿子

从枪林弹雨中活着归来的父亲

和他一起曾任毛主席警卫员的张信良叔叔

共事多年，侠肝义胆弃名利

提起此事，父亲会激动地说：

"我们村同批出去的几十个老乡都挂了，仅回来
三人！"

在我成长的历程中，张奎喜、张德仁

及申四宝叔叔

战友亲似一家人

节日同贺，生日共庆，患难均担

孩子们在父辈的目光中长大

都唤爹，都唤娘！

中国共产党百年诞辰

我脑海中再次浮现父辈的身影

那般矍铄，潇洒，英武

一路风尘走来

怀揣一颗始终荣党的忠心！

共产党百年

从喋血开创新中国独立，站起来

抗美援朝、战胜三年自然灾害，挺起来

从两弹发射、神舟登月、歼敌机舰

大国空中深海显神威，强起来

改革开放、国强民阜，富起来

历经的接班人

把马列同中国实践相结合的根

牢牢掌握在执政党手里

一党百年，就是一座宏伟基业

千千万万个先驱者喋血奋战，开拓疆土

千千万万个建设者挥汗如雨，创造财富

千千万万个知识分子、科学家，殚精竭虑

献计献策，造福人类

千千万万个军人侠肝义胆，保卫神圣疆土

英明政治家、导航领袖，运筹帷幄

殚精竭虑，带领人民

绘制出渐进式的光明中华的巨幅蓝图

站起来，是因为我们曾经屈辱太久

富起来，是因为我们曾经积贫沉疴太深

强起来，是因为我们的版图和民族曾遭受

八国列强瓜分，倭寇灭种的凌辱

如今，中国共产党掌握了

斡旋命运的主动权

一党百年，世界少有

大党办大事，带领中华民族屹立世界东方！

注：书海网推荐，获陕西文联百年党庆三等奖。

灯 塔

引子：海南文昌市是著名的出海航道，那里有亚洲最大的灯塔，能投射25海里（46.3千米），史书上讲的下南洋就是指的这里。

文昌灯塔

你是南洋入口的瞳仁

百年儿女经这里闯海

去寻找心中的伊甸园

汹涌的波涛

曾是他们击碎的眼泪

载着先辈们漂泊

越南，马来西亚，还有新加坡

莫名的祈盼投向西方

迷惑着庶民离乡背井

海那边飘过的富庶

旋紧了一代又一代人的罗盘

从狂风逐浪到大海潮息

从烟波暮霭到戾风腥雨

十里相送归期遥遥

天各一方十指断筋

一丝丝晕黄的光圈里

似有黄金在跳跃

一朵朵激越的浪花中

回旋着慈母凄凉唤儿声

樯桅沉浮起落

亲人隔海断讯

一串串光影洒向深渊

诱惑无数条生命搁浅他乡……

念父亲

叹息如弯月

沉重挂在山巅，生生一轮回

费人掂量

你把慈爱分解成

山川、清风、明月、暖阳，垂荫儿女

却不言内心孤独与诉求

我们经年挥霍着父爱的慷慨，幸福着

竟不知，年有暮、岁苍老

衰老心、粗糙手，更需温暖相携

离别的背影憧憧

最后一次叮咛痛弥心绪

恩报时，敬爱人已抔土长眠

如今，好想听您唤我儿时的乳名

好想哽咽叫声父亲

颤抖的影像支身难应

都说父爱壮如山

而我分明看到攀爬中岣嵘

遗爱常令我痛悔不已

祈来生——让我们还做父女！

注：中间为父亲。

一座会飞的城

在华北中条和太岳之间
翼城
是一座会飞的城
渡沧海悠悠

追述历史上至三家分晋
一支姬侯氏罹难此地
避战祸，晋公领着族人躲进深山
二月二禁灶，古训延续千年

山西翼城西闫乡十河村
打小惊奇老家：
地处偏坳，庭院不失轩昂
两进院三套院古之规模，门楣雕花，依稀尊贵
村口四圣宫庙
接纳过清代五品官员
古瓦古碑，遗散各处

慈禧手谕黑底刻碑

半截入土，半截裸外

侯氏祠堂先建后毁再建

脉脉香火不断

县城广建文庙，关帝庙、后土圣母庙

龙王庙、泰山庙、唐叔虞庙

规模宏大，雄伟壮观

崇尚古风由来已久

2019 年盛夏流火

霍光故里马拉松，设起点（心岭村）

巍峨毓凤楼迎彩虹

西闫、堡子、十河、曹公

传统村落一线接连

舜王坪马拉松赛事开锣

踩圣足、吸氧吧，环跑历山

圣人的足震得发颤

翼城

一座会飞的城

淳朴民风，追崇古圣

双翼，穿越古今遨游

注：十河村祖籍家乡，是国家申遗乡落，国家级文物保护单位，全国唯一供奉尧舜禹汤的四圣宫于此地，镇守千年。

大格局的传统女性

—— 怀念姑奶奶

与阳光，你是夕阳
佝偻的身躯挺拔起脉脉青山

与月光，你是温柔
涌万道清辉
呵护熟睡的孩童

与江河，你是圣洁的乳汁
濡沫河床
从丰润到丰润

不惧峋嶙，坚韧、容忍、博大、智慧
引领家族一路荣光

平常你是：温暖的对衿纽扣

油灯下的千缕丝线

游子回归的依伴

餐餐喷香里的思念

儿女们，承袭你的模样

秉承你的骨血

力行，母亲的荣耀

注：姑奶奶即黄惠英，与姥爷黄维重同胞兄妹。湖南湘乡人，命运多劫，刚强不屈，体恤弱老，慈爱亲族。78岁病逝长沙，被坊间誉为"集中国传统美德于一身的最后一位女性"。

军魂归来

—— 写在第八批志愿军灵柩返乡

回来了

在一个月朗风清的秋季

援朝路上尚是青年

回来已是一缕磷火

秋风飒飒你可听到

儿女、发妻的呼唤，你可曾听到

共和国泥土发芽、蓓蕾结果的声音，你可曾听到

长江、黄河的呜咽声，你可曾听到

战地黄花依然芬芳

围绕着英雄头颅歌唱

你以钢铁躯干，撑起了新中国基业

2014 年至今

八批 825 尊灵柩荣光返乡

实现了近 20 万英雄儿女的心愿

血沃泥土的躯干

亲人分不清熟悉的相貌

鉴别提取：光荣证、烈士证

随身小枚印章、DNA 比对

数百名烈士的遗迹拥有了

亲人的吻

严冬凛冽，军魂不哭泣

仃伶骨血，容颜未失落

有金达莱护送，桑梓拥抱

20 万志愿军英姿倒下

换来新中国昂头雄起！

注：2021 年 9 月 3 日第八批志愿军遗骸由韩国至中国沈阳志愿军烈士陵园安葬。

蓝田猿人，地球人火种

—— 寻找旧石器亚种陈家窝人

灞河水汹涌，淘不尽两岸猿声啼

灞塬物葳蕤，挡不住黄土埋千古

磔砾石，掀翻红土层

1963 年直立人下颌骨出土陈家窝

山峁连山峁，从未改变

黄蔷薇覆盖的山坡上

听大风唱颂天地玄黄

蓝田猿人气息尚存

旧石器砍向剑齿虎的伤口

还在滴血染红土

踏过没膝草丛

拨开蒺藜的带刺钢针

在绿甸的千顷涛声里

寻找六十五万年前人类第一声呼唤

铁门封闭上锁

直立峭壁削出，考古挖掘痕迹

探寻者瞪大眼

在覆盖历史卵巢的山崖上

寻找着类人猿蛛丝马迹

2021 年 4 月中旬

一个静悄悄的午后

疏密黄刺枚诡异地施展伎俩

以美艳诱惑，调动蒺藜阻碍

然而挡不住：

一行坚韧脚步，找寻人类昨天

以旧石器下颌骨讲述的谜团……

地球总是在随意间开启新模式

蓝田当年气候湿润，物产丰富

巨膜、大象、熊黑、东北剑齿虎、羚羊等先后光临

早期直立人制造销刮器、砍石片、石球

在猛兽出没的路上，以命搏食，艰难生存

陈家村亚种，旧石器火焰

注：

1.1963 年蓝田洩湖镇陈家村发现类人猿下颌骨，考古定为旧石器直立陈家村人，比北京直立人早约为 50 万——65 万年。

2.考古探测仪把砾石上 30 米红土层中的挖掘，定为旧石器出土。

3.黄蔷薇和黄刺枚是一花两名，花语是渴望爱情。

杜鹃血归

20 岁别秦建设边疆

85 岁灵柩返乡

一生写照留给新疆大漠

舔耳鸟低旋哀鸣

齐腰绿丛掩盖坟头

你安卧，听不见亲人的哭泣

沾满西域尘埃的脚步，曾经

为牧区兴教，勤政爱民

多民族的和平鸽

牵引着你毕生的信念

春来杜鹃，催耕声声

家乡窑洞已被砖瓦取代

村前小溪

依然记得，你出征时的青春模样

归来吧，归来吧

书法潇洒，奋疾《满江红》

蕊笔柔墨，酣畅《北国风光》

不尽的豪情，无限的爱

化作亲朋的滂沱泪水

胡琴乡音犹在

拉弦的手依稀顿挫

谁说已诀别，听——

白鹿原呼啸的山风传来飒飒致意

怀念的坟茔寸寸耸起

慈祥的模样，昼夜萦怀

知你不愿离去

垄耕小路渐次盛开红黄芳灵

村里樱桃红了，告慰二哥……

注：于聚民生前创办草原流动学校，解决牧区孩子上学难问题。他擅长书法，字迹清秀飘逸，被广泛流传。

新疆行

我是一粒种子

随汾河、湘江飘落边陲

泊在西部明珠——乌鲁木齐

澎湃记忆里

肃穆庄严的新疆公安厅大楼

圆柱高擎，欧式风采

60年代初，一大批优秀公安干警

在这里履行着国家使命

今东大门南移，门朝南开

和平渠流经院内

六七米宽的米字形木桥横跨两边

记忆的风烟已散

今幢幢高楼拔地而起

渠水流向暗河，不见天光

当年盛世才关押毛泽民的监狱

后成中级法院所在地

几经发展变迁，21 世纪初

一座山峰似的高楼，矗立新城南湖云端

几十层高阶攀沿而上

胜似朝拜

昔日南门大银行

民国遗留的最高摩天楼

它是盛世才时代的东欧杰作

新疆和平解放后，为共和国广纳钱财

适逢建党百年诞

二条鲜艳红幅，系挂巨楣

南门口人民剧场

经典的阿凡提髯须飘逸

古丽娜腰身轻盈

热瓦普铿锵奏响几十春

新疆歌舞飙向全国

这尊跨时代的完美雕塑

隽美艺术瑰宝，属于

西亚、东亚，全人类！

乌鲁木齐后花园——南山腹地

绿甸绵延天际

羊羔儿咩咩，马驹儿撒欢

当年劫鹰的哈萨克族壮汉

今何在？

想起那年的惊悸场面

彪悍，勇猛，身捷

一系列词语涌现脑畔

人民广场青砖纪念碑

剥落字迹依稀辨认

欢迎解放军二军进疆的一组雕像

经七十载风蚀雨侵，风采未减

新疆王恩茂书记的金色题字，熠熠生辉

父辈枪林弹雨的英雄事迹

化作滚天响雷，投射在新疆儿女的心房

催绿了天山脚下的希望绿洲

天山群峰，环抱逶迤

滔滔雪水，孕育了五十六个民族的儿女

多民族情义葳蕤瓜藤

缀满了几代人的金色年华

新疆，你曾哺育了我的少年、青年、壮年

当我被汉唐雄风裹挟古城西安

当我飞赴万里之遥的南太平洋岛国新西兰

开启新生活

回望神州的帧帧画面

唯有对你的依恋

让我泪水横流……

注：写于 2021 年 9 月 3 日，离疆近 30 年感怀。

贺大舅90诞

与妹同胞，童年堪怜

本该父母膝下欢，哪承天裂

五岁失母

一身倔骨，浩然立世

凭借胆略、灵气、禀赋，度年景

学识谙道，耳聪目明

生活技能样样精，老少皆怡

称心伉俪，挚爱相守

风雨同舟几十年，茶饭飘香

90喜诞，四世同堂

唤爷，唤父，亲热一片

根系瓜瓞绵绵，慰黄氏宗堂

注：此文一年后大舅离世，享91岁高寿。生前为大型国企湘纺中层管理干部。

走过历史岁月

——读于聚义长篇小说《淘金者》

在海水里颠簸，漂洋远渡

他们是来自甘川陕大地震迁徙南方的客家人

辗转福建各地

广州最多时，全球淘金华人达五千人之众

溯源 1900 年

广东新会，番禺，开平码头

呜咽着离乡背井的人流

他们被塞进狭窄的猪仔船

劫难在命悬一线的海疆，异域

淘金地——冰冷水沟，危险矿道

居住处——无尊严，少自由，遭盘剥，忧械斗

政府苛刻，沉重的，

几乎灭子绝孙的人头税重压在顶

精神极度缺乏，血汗钱财流入妓院的写真

还有淘金设备陈旧，

华人命殒机器之齿的血肉模糊

苦难深重的淘金史

书中一一目睹

赚钱返乡，回家团聚

汇成一条条萦绕地球的愁肠

捆绑着思乡枯竭的眼神

华人领袖身家担保

租赁了一艘洋商蒸汽船

运送 499 具灵柩返回祖国

不幸触礁，尸骨沉没

希冀又一次坠落大海

海疆茫茫，返乡的路在何方！

最悲苦，惨不过 19 世纪初

华人淘金的一幕幕

最讴歌的壮烈，恸不过百具遗骸返乡

一具具镌刻民族心灵的爱恨情仇

当年遭受的苦难与不公

或许时事已淡，风烟散去

然而湮灭的终须留痕

忘不了

一张张枯黄脸，在地下矿坑漂移闪现

一个个鲜活生命，在岁月抗争里金子般矍烁

那一湾残血勾月的呻吟

那一轮如日初生的命运逆转

当神奇再现纽华史册

是天赐，更是华人海外创业之泣血歌弦

海之蓝，牵无数纯洁之心摇橹远航

金之灿，引无数英杰求富裕去远方

四海毗邻！

文特纳号海难纪念碑，祭奠永存！

注：新西兰政府于 2021 年 4 月 10 日为遇难的华工，在失事地点修建了巨大的文特纳号海难纪念碑。

走

走……

走不出脐带的缠绕

只要沾一滴血

亲子鉴定

就无法走出祖先姓袛

走……

凌云劈浪

阔步延长地平线，海岸线

点线面经营

反反复复，无数起点，无数终点

锻造恒力

走……

是土与疋的结合

挪一步需支点撑托

踏实地走

方能抵达来路……初心

贰 忆海拾珠

圪梁梁上的女人

曾低吟陕北民歌"掐蒜薹"

清澈嗓音引来众目

一曲唱罢

泉水淙淙，鸟雀忘了欢唱

曾纤指如葱

巧绣鸳鸯，落地冲天

如今生儿育女，农耕生计

毛糙了掌心，指节粗大

纤纤玉手何在！

曾流目顾盼

双颊飞霞，明眸皓齿

而今高原团飙红

紫外线主虐

貌美依稀

世纪风刮过沟沟峁峁

千年黄土地上

有多深的沟壑，

就有多重的情和爱，苦和累

一代代青春热血

滋养了高原的丰腴

陕北女人出落成一首

岁月不朽的歌

注：作于2003年陕北清涧，近距离感受陕北人的淳朴爽朗，如信天游般的性格。

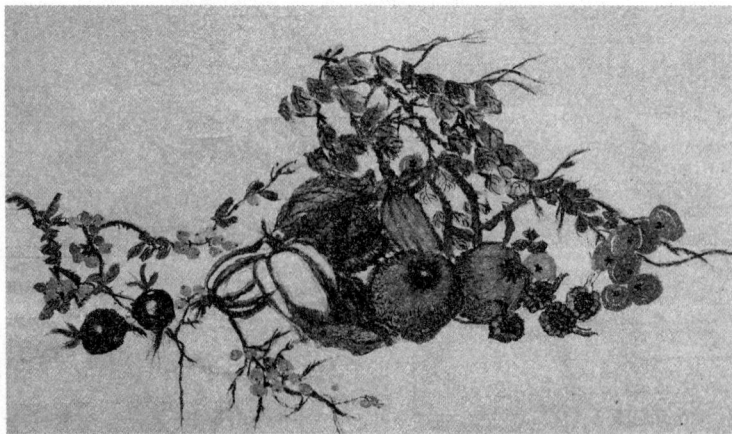

壬寅之寒

壬寅之寒

凛冽得人打寒战

疫风刺骨嚣张，幢幢楼宇关上眼睛

金色叶

磁性般凝滞高空，去地心引力

粗大遒枝化茅为戈，剑触云端

核酸主角戏一轮轮上演

从年中锵锵，仓仓，直响到年尾

不知大漠的胡杨林可好

缭乱根须能绩麻

树空，皮炸，倒卧，仍有站立的一春！

胡杨倒下一千年，站起来

还能挺立一千年

城市命运不如它！

注：壬寅年疫情，在乌鲁木齐停留120多天。

湘 缘

缘分难说清

分别再远，也离不开一双呵护的眼

与学业交织，地域关联，人品喜好

如一衣带水，绵绵不绝

一个湘字，结有缘人之情

距离再远，绕不过八千里路云和月

参军，远足大漠

挥不去成家、育儿的艰辛和

父辈远帆的自豪

大漠孤烟直

征程琵琶曲

山连山，丘挨丘，黄沙划逶迤

君不见，湘江水流呜咽

湘缘推开千重雾

并蒂花涌南太平洋

边疆少女相似的成长经历，烙成

张张影像，回闪再回闪

甜味巧笑如初

缘和，又一个不眠夜晚！

注：在奥克兰奇遇另一湘夫人（网名），同是王恩茂、王震二军之后代，母亲湘籍，父亲老军人。同是乌鲁木齐实验小学同级校友，住同一宿舍，我在实验小学 A 班，她 B 班，同年考入大学。退休后随女儿来到奥克兰。

家 乡

家乡的河

绕着妈妈的眼眸

离家再远，也能尝到河水甘甜

家乡的月亮

不经意打开了记忆闸门

亮晃晃，小路曲径大道

家乡的稻田

春秋二季，金色丰收图

水浮蚂蟥，叶尖落蜻蜓

乡音吆喝声

长长短短响耳畔

"伢子，妹子吃饭喽"，香味袅袅

往事穿行于游子，味觉里，泪光中

家乡小径

左右鱼塘，眼镜两枚

鱼儿肥又大，前院垂钓后院烹香

家乡茶山

倚着屋脊蓊蓊郁郁

采茶邀百鸟

难忘姥爷挑担茶油，犒亲朋

家乡水田

蚂蟥横行，嘴尖嗜血

青青稻尖跳跃着蜻蜓弹肱股

家乡炊烟

袅袅从心里掠过，吆喝声落竹箸

催熟了岁月

注：湖南湘乡老家岁月美景。写于 2021 年 2 月 20 日。

一条根的丝丝缕缕

9月葡萄旺季

伊人相聚

10月重阳摆渡

歌厅欢唱

11月前后寒暑转瞬

你分离的脚步匆匆

为何见面

又频频离去，老同学

一张机票隔断了视线

为何分别今又相见

40年前的心弦

再次拨响，情长难止

难道相逢是……

或许分别才能重温最美的身姿

离开寒冷北国

赴心暖花开的南浦

程程断不了絮絮念想

身安心难安哦!

"群"中纸鹤,翩翩暗喻

老同学此去……"勿忘我!"

注:冬月雪打门,同学迁徙脚步接二连三地传来。如今东北,
西北候鸟筑巢南方,已成国内部分人的生活常态。1977 年,我
们以 5% 的录取率走进大学,经历了冰封期、萌芽期、开花期,
一眨眼都已是花甲之龄了。40 年中,我们各奔东西,退休后,
重续同窗之情。写于 2021 年 11 月 1 日。

红楼梦诗解

你是天边的海市蜃楼
云蒸霞蔚，有着不寻常的轮廓和境像

你是红尘风月中一段情
泪洗骨骼，冰洁透亮，晶莹玄月

你是龌龊世界的普天扇
自由清凉引风流，涤荡封建礼教污泥浊水

你无可奈何选择了隐晦说
藏佛一炷香，心事连广域

你把过往的繁华盛世，写成回光返照
天地悠悠，载不动人间万般情深

你一腔热血融笔墨，留下寒骨慰诗魂
空绝尘色，遗留纸蝶翩翩，谱苍天大曲

掀起你的盖头来

—— 新疆散行之一

走进你

当乡音拖出最后一个尾音

我确定：又重新回到熟悉的怀抱

嗅着天山雪水的味道，飘香瓜果

再一次目睹你的芳华和

秋的风韵

西域并不遥远，瀚海汤汤

银翼万里一线牵，约 4 小时天路

五千年古城至边陲

也许是大漠种下了粗犷

基因孕育了原始热情

一席话里，总能撩起久违的亲昵

夜清凉，水沐肤

无蚊蝇嗜咬，勿闷燥烦心

月光下看霓虹灯烁烁

呷大杯酸奶，滋津爽肺

掌抚着红玛瑙，绿翡翠

冰丝戈壁玉、和田墨珠

像是和一位远方俏佳人喁喁

56个民族相依又纷争

伊犁汗血贡马，阿尔泰肥美牛羊

今天疫情消弭了以往宿怨

你中有我，我中融你

血衅九一八

看一团团胬肉，被绳索捆绑

听数十万妇孺，凄厉惨叫

社稷江山，寸寸焚烧

苍白数据，无力控诉侵略者的血腥罪行

耻辱淋漓耳目

同胞血，浸红东北、华北

南京成了酿血酱缸

30万父老姐妹的身躯，烹肉脂

国土难安

甲午海战，涛声依旧

刘公岛船骸，还怒睁着悲怆的眼神

历史凛然告诫，哀怨不足以雪耻

偿血，须民族风骨壮疆威！

万方乐奏 诗兴空前

——献于第二届国际传统诗歌大会

无语交流，无礼物相赠

即将分手那日，空气里氤氲着难舍

三百多位国际诗兄妹

不同语言交汇舞台

GOOD 成了高频率的发声词

你用母语，娓娓诉说着祖国恩爱

我以中文，演绎着对孔圣的一腔痴怀

我们未曾相识

可诗意舞台似乎又相见许久

韩国金达莱，美国哑剧

孔子学院的青花瓷舞

典雅的中式旗袍，漫卷诗韵

诗意的和平鸽

或许还会飞翔更远

西方幽默融入东方的端庄

今晚不醉不归

注：2017 年夏季于山东曲阜第二届世界诗歌大会现场。

奠才女

香魂飘海面
傲骨依稀化烟尘
随波逐流

心绪荼蘼
以字载文华丽三界
如缘之笔难托身

唯才志永存
一桩心事皈依他乡
实堪怜

一代才女
片字纸轻碾心血
他乡幽咽

注：张爱玲，民末才女，其祖父是清末重臣，祖母是李鸿章长女，自幼接触新思想，才华横溢。一生婚姻多劫。晚年居于纽约公寓，临终无人在侧，托靠有几面之交的……安顿后事，实堪怜。

辛丑端午

端午的雨，褪去燥热

烟雨朦胧的白鹿原，时隐时现

淅淅沥沥小院，豆苗青翠

挺立的人字架，扛起层层叠叠的叶脉

肥大疏狂的刀豆，藏匿浅色碎花中

葡萄棚架，结出稠密果实

数月扯须，串串琼浆碧帐汩汩

游离的眼，沁着凉意

驱瘟的艾叶，系铁门

送棕的龙舟早备好

手机安康祝福，呼天抢地

二千年前的屈子可知否！

端午的雨，洗去阴霾

《天问》里，游动着一双双熏红眼

近 23 个百年了，黎民无一刻

不在疾呼，不在缅怀！平原君于何方？

注：屈原（约公元前 340—公元前 278 年），中国战国时期
楚国诗人、政治家。《天问》是其代表作。

水

手术后，生理盐水缓缓注入我的血管
那是四通八达的心脏支脉
泛流郁堵，需药物化解
这份伤疡了心的截留
拿什么呼应体外的潮涨、潮落

暑夏闷热 40℃以上
昨夜天公三次眷顾白鹿原
滴滴答答，噼噼啪啪
地面干渴的嘴通经舒脉

以水浇注的土壤，自然生长
譬如人小小的身体
权仗丰沛于水、郁堵于水、干涸于水
水是不竭情缘，绕经人体，呼应天体

注：2022 年 6 月住院琐记。

玄 鸟

玄鸟，从朱雀门云端一次次

飞过

持续40℃的干旱高温

古城长安，热情空前

秦岭山，白鹿原，不见一丝儿凉风

夏伏，马力奋蹄

西安电力突破云端

空调、风扇，嗡嗡嗡，响彻大半中国

山野凉，寂寂隐退，绿陌寻踪

偶遇一片乌云化雨飘落

几行滂沱，几滴清泪，乍湿地皮

雄鸡版图

疫情"黑天鹅"未见落地

又遭"灰犀牛"乱了自然纲常

广东美丽英德小城，泊在水央

中国 1066 万受灾人群失去家园

水患咆哮，吞噬锦绣良田

干旱龟裂，大地断了汗腺

华南暴雨滂沱，冲刷蓊郁

北方炫红版图，持续燥热

高温警报与恶浪涛声，一路叫嚣

南北沦陷红与黄

神州子民嗷嗷发问

水患何来，干旱何来

望穿北极，南极，无限极

玄鸟

托着载世的太阳、月亮，一路飞奔

带着造物主恩赐

普渡苍生

注：1995 年夏季调至西安，遇到了缺水干旱、少雨闷热的极端天气，27 年后壬寅年（虎年）再次相遇。

小健将

——贺辛丑年五月孙女参加"奥克兰小学生女子手
球赛"连进三球，捧回"小金牛"奖杯

游泳、篮球、垒球、蹦极、秋千
街舞、高尔夫球、音乐剧主演小狮子
绘画、钢琴、模特广告，一一参与

格瑞斯喜欢往前冲
赛场是她的成长摇篮
一股脑进去，乐此不疲

记不清已蹬破了几双运动鞋
多次代表校方参赛奥克兰
载誉归来满脸阳光般的笑
也携着身体的疲惫

8岁的格瑞斯

在赛道上斩棘

一袭绿色运动装，拥抱万紫千红

奥克兰"小金牛"奖杯捧在手心

注：孙女妞妞，英文名 Grace，奥克兰生长。

舌尖上的年味

引子：西北天寒，春节吃油粿，一备就是半个月，还有葡萄干酥油包、油塔、油馓。忆父亲在时，每年都为儿女精心制作，沸腾油锅里飘散着花椒芳香，油粿的醇香，至今令人陶醉。家的年味，始终萦绕在儿女心头。

吃的味蕾，总是那么敏感

游子回家，端起家乡的风味

乡愁飘离，烟消云散

吃的味蕾，总是那么执拗

祖辈隔代不断

回忆打开了萎缩的胃囊

吃的味蕾，总是那么贪婪

老字号开张，深陷诱惑一口

品的，是人间百味

天下，系百姓家园

同根同源同菜肴

煨暖一方热土

百姓舌尖拨动着流光曲

远方未逝，伊人灿若

你手捧鲜花

从巅峰走过，每一旅、每一程

都洋溢着笑脸

深处有殇

不求廉价同情

乐谱展开，划弄美丽七弦

来生若一天

都要用鲜花填满

篇章蕴藏，诗的力量

远方未逝

伊人灿若！

注：惊噩新西兰作家协会女会长珂珂病逝，一首小诗祭悼。

速 写

港口
迎来一群姑娘
快乐像海鸥，丁香般芳馨

眸子被大海点染
抖肩扭腰，梳理倩影
活脱脱美人鱼，留韵海岸线

华灯初上
观众池，无虚席
婀娜美少女摇变大唐仕女，宫廷艺人

一曲曲唐韵流芳
一款款红鞋炫舞
一串串灯笼妖娆
梦回大唐，溯洄千年

注：中国侨联"亲亲中华·魅力陕西"陕西歌舞团海外巡演，奥克兰盛况采撷。

海岸闪影

蒲苇，轻摇海边

一丈丈与栈桥靠拢

桥下，自命不凡的 20 多只灰鸭

早在 2018 年冬季

一场暴风雪中消遁，生死不明

想当年，它们连日顾盼我家

夫妻成对，欢喜饲食

如今

栈桥兀立，显耄耋态

潮起潮落，未见鸭儿踪迹

一绺绺红、白荻花，交织出苍茫、遥远

馨钟、唢呐声，从旷世由远及近

没了鸭鸭声息的蒲苇、荻旄

景色再美，生机难寻！

注：奥克兰北岸之家，影像留存。

老 腔

老腔

陕西话，生冷倔蹭

关中调，狂飙豪迈

一曲唱罢

眼睛赤红，额头冒汗

骨棱筋鼓，舞台轧轧

彰显，生命原动力

好比毛利族战舞

赞的是民族英雄，吼的是翻身道情

老腔

唱的圣地添新绿

壶口水漫救灾荒

八百里秦川，风调雨顺

老腔人，居夏娃的娘家

以黄土抟就

始终感恩着大地的丰馈

注：狗年元宵佳节，在奥克兰中央公园观看老腔演出。

田小娥

你是一匹羸马

被无形的绳索捆绑马厩

秀才举人的手扼住喘息的喉咙

你想自由……

一次次抗争，放飞身心

深深触犯封建礼教

被贴上淫妇游街

皮鞭抽打，脱衣凌辱

贱为众人眼中的祸水

与世人毒舌中苟活

在封建礼教棍棒下屈蹴

梦想飞出吃人的牢笼

一次次飞蛾扑火

殃及腹中胎儿被"扼杀"

族长崩窑，尸碎骨寒

你爱青春美丽

单纯善良得只想和心上人生活

可世道黑暗

害你猪狗不如

你是一只美丽的娥（蛾子）

活错了人间

注：看上海舞蹈学院西安演出《白鹿原》，存影于心。

游乐场

白云丝丝飘浮

我躺在秋千里惯性摇摆

眼接天龙云

嗅芳草萋萋

远处荡着一条钢索滑轮

2米垂地，20米距长

小孙女激情滑翔

笑声、惊叫声，空气中传来

绳索山是一绝

空格网，织成七八米山高模样

孙女时常挺立山尖

手脚敏捷攀爬，要当 No.1

切线照片

引子：妹妹家一面墙上，家人历史嵌入相框。

有五羊城榕树下姊妹合影

有溯洄 30 年前母女除夕照

有 80 岁母亲健身照

有姥爷与孙女偎依照

如今姥爷，已不在人世

留下珍贵遗照，睹物思人

照片锁定缘分一家人

那头有恩情，这头有亲情

恩亲绵绵

世代相守

帧帧照片，段段俱实

世世触摸，光阴不老

汗血宝马

车师古道，
一匹匹烈马打着响鼻，驾着呼啸的狂风
并辔一望无际的辽阔大漠

曾是霸王胯下乌驹
羽刎乌江，血染马鬃
曾是唐太宗心爱青骢
疾如闪电，踏破匈奴
曾是成吉思汗挥师铁骑
战刀，宝马，将帅
旋转乾坤，残阳如血

江山娇美
令刚柔马脊托着一轮轮红日
走进英雄怀抱
啊，战马，神风驰骋
西域是你广袤疆场
遥远来，驰之遥远……

神话没有完结

引子：北半球的中国，10月底天气已经转冷，而南半球的新西兰则刚刚开春，绿地鲜花繁茂。10月28日，丈夫和朋友从皇后码头乘上开往激流岛的轮渡，专程寻觅朦胧诗人顾城，并发回一组照片。

十年杂草结成藤蔓

野树枝疯长

丛道咽喉隐伤，荆棘划破

一个沙哑的声音传来，气息尚存

是杜甫的三味草堂

然而老诗圣已驾鹤西去

是一桩离奇杀人案昨日发生

惨叫声，惊怵至今

激流岛

孤岛难孤，多少人追名而来

只为看那双黑亮的眼睛

身前名誉光影环绕——哪曾想
落得荒圹萋萋，尸骨难安！

诗歌
真的可以饱腹吗？风声鹤唳
人真的可以遗世吗
桃源夫妻，难躲一劫

独居一隅，妻妾做欢
某日桅断船翻
绝情刀斧取妻命
诗圣狰狞成野兽！

神话完结
黑眼睛不再发亮
幽静处静静听
有一个灵魂在忏悔

26年了
杂草攀上了泼血的墙壁
凹凸了蒙尘的心

寻找声音的灵犀

—— 访中国配音师吴应炬九江镇耳老宅

音符——披霞光起伏

美妙构八方乐章

广州九江护耳老宅，诞生一位

中国动画片配乐大师——吴应炬

为缥缈的声影塑性

为动画片配生动原声

模拟自然界万物的声响

育教中流淌自然美学

艺术缰绳由灵犀驾驭

捧回中国第一枚国际动画片金奖——《牧笛》

专心修炼，育出一双通籁天耳

一颗天使般细腻的心

一个听懂自然声响的有趣灵魂

他能听到顽猴捞月嬉戏声

能描摹东郭烂竽惊慄声

能对话草原英雄小姐妹内心与冰雹的搏斗声

还能倾听小蝌蚪找妈妈的急唤

能代齐天大圣下御旨

无穷想象力

植入动画片芯片

大音唏嘘，逮声有耳

世人惊奇！

自然纯洁之真，人类语汇之善变

匠心演绎的声情并茂《牧笛》

获我国首部丹麦国际动画片音乐金奖

中外评论家称"迄今听到的最妙的音乐"

精通音乐的西哈努克亲王听后流泪说：

"此曲只应天上有！"

上帝造就他一张不善言表

看似木讷的脸

却打开他，妙不可言的想象力

——聆听自然天曲的心声

注：佛山南海九江是音乐家吴应炬出生地，不善言表，内心丰富的他，一生致力于美术片音乐，享誉国际。众人熟知的有《葫芦兄弟》《草原英雄小姐妹》《大闹天宫》《东郭先生》《小蝌蚪找妈妈》等共计 80 多部少儿音乐片。2020 年末我前去寻访，了解其家世、学识、秉性、功业等信息。知其因果，洞悉造诣。

记 忆

记忆

随着年轮翻卷，繁复斑斓

最终沉入一张纸

失血苍白

想以墨迹的凹凸，挽住流芳

帝王的痴想

墨迹再多，消弭空灵

动感画面一失再失

挚爱的影形渐逝渐远

想留入怀的那一幕，残梦！

禁不住碾压的梦想

何来记忆

父 亲

一座座山丘阻断
生死两茫茫
你在那头，儿女在这头

相思绕翠柳
16年花期绵绵
思念的花儿盛开几回回

温馨声响耳畔
你唤儿乳名，声声凄凉
我叫声父亲，热泪盈眶

你的笑容似落日余晖
再微弱的光，也有光源

我脱凡你的身体
与你一样追求
豁达、挚爱、真美

小夜曲

婵娟，云晕中穿行

雾锁天眸

几经艰难突围

笑而不语

今夜

海风格外地清凉

平织出幽色寥廓

缎芯银链，镶出海的巨像

不远处

传来酒吧爵士音响

架子鼓、麦克风、电子琴

奏响夜的万千情思

女歌手哀婉低诉，音如柔丝

在幻觉中穿越，微醉未醒

听说今晚的组合，在纽约获榜首

三人，二器，踏上艺术红地毯

12 岁入行

额头沧桑难隐

几十年力唱

女歌手最爱的还是情歌

圆桌布

洁净地植着一枝红玫瑰

佳偶触动，频频对吻

夜，幽静沁凉，包围屋内暖色

天上月老匆匆赶路

海水光合

凝结出川川银链

柔风断脊，或暗明

渊海续弦——美妙的和平之夜

斡裱

楼下小锤叮咚，不见人影

几小时站立，为书画新裱

热爱使工匠难释手

色线融合或违和，看视觉效果

湖绿：青春缀荷叶，清淡素雅

苍黄：显老虎之威武

墨韵斗方：用暖色圈围，合天意相通

于色泽中延伸画意，须提高鉴赏力

蝴蝶式熨斗，粘连锦缎绫

直上直下的切割，简美

在汉楚交接处镶一圈，张力凹凸

数小时噤声，背影寂寞

只见精品穿着新衣飞，忘了俗人三餐

那悬壁的卷轴联袂，可知否？

艺术在静态中延伸

斡裱，撩色典雅

注：爱人于聚义精工裱画，喜好书法。

我 们

我们在母亲河里泅渡
冷风的麻木已习惯
彼岸的灯火
眩晕着眼

我们于意志荆棘丛中竞走
操练着三观
划破的伤口当作
杜鹃啼血

我们在爱情国里布阵
上有老，下有小
温馨炭火燃亮炉膛
一身暖三代

非圣母，
但被人称母
柔性有时泛滥成河
泅渡，泅渡，唯自救！
造世者传来圣音

文特纳号海难纪念碑

巨大木廊穿越重重迷雾

象征着云帆返家

当年船只触礁的新西兰 NORTHLAND

于 2021 年中国清明节刚过

当地政府举行了盛大的海难纪念雕塑

落成仪式

"平安回家"的横幅，呼唤游子清明返家

打湿了在场华夏子孙的衣襟

寻亲呼唤始于 1902 年

历经数代华人的努力

两个世纪后的今天至永远

499 具华工的身心，足以安放

先辈安息吧

你们的功业已计入纪念碑新的国土

百年来华人于这片土地

屈辱打拼，勤劳求生

数代华人的财富，铺就了他国的锦绣

抗争中

新西兰政府终于谱写出公正

灵柩面向东方，几乎成了海外淘金者共同的遗愿

身不能至，死也要面朝祖宗国

海难触礁，499具尸骸在大海上漂泊

身心失去家的温暖坐标

感谢新西兰政府

巨大海难纪念碑的落成

使淘金者有了新的家！

同时也包括岛国土地上，拼搏的新华人

注：2021年4月10日清明节后不久，历经数代华人努力寻找到499具返乡遗骸，文特纳号失事地点终于确认是北岸 NORTHLAND。时隔二百多年后，新西兰政府为早年淘金殉难者，修建了文特纳号海难纪念碑。

好孙女

你从南太平洋走来

我唤你叫妞咕咕

像一只春天黄鹂鸟

渴望成长在暖阳怀抱

生命开启的喜悦

满载你的瞳孔

5岁攀缘5米高的双杠

小臂健长肱骨

劈叉，空翻

操场，路边，客厅

飞翔秋千，身如轻燕

和洋妞小友比武艺，汗水淋淋

犹喜你画的小手拉大手

女孩四季眉眼笑盈盈

青葱的想象力拽着同龄赛跑
幻觉唯你最懂

台中央饰演小话剧《狮子王》
30 分钟入戏机灵小狮子
神形逼真，唱念流畅
引爆观众

打壁球、手球
汗水津津，双手捧回"小金牛"奖杯
50 米水池秀泳姿
7 岁轻松换气渡绿波

总角之龄怵输
喜欢模仿成人口气说"小时候"
9 岁意恐太迟
盼知识技能，日月增长

也许怜悯护弱，身兼多艺
英、法、泰族小朋友喜交为友

生日相邀

属龙女的小请柬最多……

记得你唱的一首歌

弱弱气息有点忧伤

说地球那边也有个女孩

想朋友，思恋亲人

我唤你叫妞咕咕

一缕缕青春气息牵着几辈的眼眸

我唤你是好孙女

海外路远，记住牵紧亲人的手

生命有福彩

祝小龙女安康、幸福，在路上……

注：小狮子是模仿动画片《狮子王》中一角色。

活 着

活着，红高粱般淳朴着

喜色满人间

活着，山峁峁沟壑壑贫瘠着

爱情难翻山越岭

活着，著书立说，负籍攀爬

一生难功名

活着，房奴般地建造巢房

遥享摩天大厦，心在贫民窟挣扎

活着，被金钱雇佣绑架

失健康，为金钱打工

活着，上上人的版图难挤进

格局在一公里之距，十公里之内

百千公里之遥

活着，有人一生走不出自家的篱笆

推着口磨，助家人炉灶，燃其一生

活着，有人一生也是一天，虚度岁月

而普通人的抗体、免疫力，有时难挡社会病毒和
自然病毒的双重打击

活着，是一种状态，一种心态写照
有人活着却死了，这是哲学家给出的定义
活着，有人却寄生地下蜗壳里，不见日光，难见
人形，生等同鬼
这是奥斯卡奖，电影《寄生虫》给出的定义
活着，有人为中国革命事业而死，身躯比泰山还重
这是毛泽东给出的定义

活着，本是生命自然的律动，还包括广义的
有人身后，矗立起高大的纪念碑
意义之寥廓，放之四海
已不属于生命本身

一个前海军老人的笃行

蔚蓝水域，一艘铁鱼上下速游

鱼贯没底，喷珠而出

一米长的身躯快捷如龙

那是一位海军老人亲手

制作的舰艇

与波涛打了半辈子交道的他

熟悉舰艇吃水的脾性

退休舍不得断舍离

浓厚心机藏微艇中

经济拮据，腰包不丰鼓

全家总动员

试图设计环球舰艇

驾着心愿远航出

出航的日子临近

舵手年逾古稀身体羸弱

逐梦的雄心寄托"飞艇"

一艘、二艘、三艘甚至四艘，每艘都有军事番号

看着永不退休的潜艇驰骋湛蓝

老人开心得像一个孩童

蔚蓝水面上

潜水艇满载老人心愿

倏忽水底，倏忽腾越水面

耄耋老人眼中升起了太阳

注：纪念新西兰书法家，原海军舰艇厂长凌玉海。

攀登者

地壳震动，隆起高高的山峰

海底贝壳存山顶

有人偏要拾取，留念

那里，须穿越世纪冰川

冰墙，直上陡下

数十丈深的冰凌敞着寒齿

铁钉，绳索晃悠悠，脚印雕镂岩层

山脊似刀刃，登山鞋铿锵打磨

山顶，圣洁天堂，被乌云、雪暴、酷寒值守

人类屋脊肃立，须于冰封期前

竞速的游戏代价是九死一生，或更残酷

一声喊，能山崩地裂，雪压滚滚

零下 20 多度

英雄熟睡山腰

一座座冰雕，为攀登狂热者引路

注：1960 年，中国首次一女八男攀上喜马拉雅山，近期看电影《攀登者》有感。

岁月弧板

一棵树，还我一段肃穆
夕照里
望远山之寥廓，遒条之苍劲

一朵梅，还我一个夙愿
戎装冬雪
红白霎那，点染灵光之芯捻

一束柳，早春剪霜花
赠我一生斡旋
风柔纳清凉

一庭院，门前设尊烟熏炉
蛾眉印金花
袅袅梵音渗肌理
一路客，沿途风景穿眼过
丰满聆听
风飒飒，雨潇潇，花谢谢

黄河灵翼翩翩

总角之龄，迢迢认祖

随父首次渡黄河，但见

风陵渡

摇橹击桨绳索纵横

立舱中低船帮

水流混浊船速如牛

归宗纤绳荡悠悠

不惑年，壶口观瀑

陕晋交界汹水相连

黄龙咆哮，乱絮翻卷

氤氲水雾，浸透青石，人瑟瑟

峋嶙河道

泥舌头千年噬咬，锋刃残砥

退休与夫邀友

兰州清凉山一日游，

泛黄河水岸，濯足、浣臂，浪花轻轻吮咬

眼望法国人助建的黄河钢桥，百年挺拔

气轩昂，睨纵往，展宏图

托起黄龙美景！

祭祀文圣仓颉

—— 乙亥谷雨推"共"字

仓颉：姓侯冈，名仓颉

双瞳（四目）天眼

黄帝史官，造汉字之渊祖

察鸟兽，观蹄迹

逮象形，绘部首

宕结绳记事

创字首形符，并衍生于龟鼎

文字至此，因多形而为文

增形声而为字

著于竹帛而为书

今陕西白水仓颉庙

文脉气通留贤辞

登上黄龙山，犹见

古柏千秋秀，庙堂文字香

残碑垂伟业，白水共流芳

华人尊称仓颉，文字之圣

白水依依，文源浩渺

仓颉冢与桥山冢（黄帝）君臣相望

五千年景象

翻史书乃知

上古仓颉遗书，遭华夏裂变，文字数度断裂

秦国时期：

传大篆小篆刻符，隶书等八种体势

汉后起草书，演变仓颉鸟迹书，史称虫书

虫书亡轶中得部分流传，并正本清源

镌刻与龟甲、铸鼎再现

缅怀仓颉，正是为追寻纯正的中华文脉

谷雨生万物，阜华叠翠

已亥年，联合国谷雨新推汉字"共"

体现一带一路，共融共荣的中华新篇章

有趣的是

白水也是蔡伦造纸之故里

蔡伦造纸，字词盈托

绢麻草煮，茵茵书写

由此揭开了千秋篇章

注：联合国乙亥谷雨宣布2019"一带一路"年度汉字为"共"，意为"人类命运共同体""共谋机遇""共同发展""共赢"等，包含着中华民族对美好生活的无限向往。有幸参与，记之。

驼 峰

摇着驼铃

群山步步隐退

夕阳下，站立成侧峰剪影

仿佛一个世纪凝固

萧瑟之风吟唱

荒凉铺开视野

尊尊驼峰

备足丰富的能源和水源，驶进沙漠

存活 79 天，不吃不喝

独自在生物禁区里领舞

服了灵丹妙药或仙草胶囊？

不，全靠体内氨基酸发力

蓄势的日子里不贪肥腴

无赘肉四肢丈量沙丘

骄而不躁的头颅，喷吐鼻息

步步蹄花，沙窝子开出灿烂花朵

骆驼饮清洁甘泉，风沙洗面

产下上等饮品驼奶，育子孙享福年

紫外线 24 辰杀菌

风涤细菌全无敌

无害环境，养怡寿终

都说你生态最苦

你却活出幸福的模样

四肢挺拔，气度轩昂

周游古道，丝绸添彩

飘香驼奶，

把你今生的故事传诵千里

承载你，

一生平凡又神奇

憧憬的年代

引子：两个姑娘探问我，她们想报考北京广播学院播音专业或北京电影学院，执拗意志堪比天赋！

两对清澈的眼睛里闪着灵光

憧憬是此时的眺望

不受羁绊的年龄，心路推着美梦绵延

一个秀美，高颀，白皙

一个灵巧，皮肤黝黑，是地中海人所爱

希冀一次次掠过乌黑眼瞳

纯洁得犹如大海呼吸

从她们眼眸里， 一如看到

40年前的我们，梦想无敌

敢拿青春赌前程

芬芳葳蕤，总觉得太阳大地眷顾你

心目装载春风，润雨，暖阳

唯一酷暑严寒凋敝，视而不明

历练，心在酒曲中煎熬

曾经纯粹的信仰，还能信马由缰乎？

也许一代代就该这样，拉长筋骨生长

当年我和你们一样雄心远大

放大青春无敌

稚嫩翅膀载着五彩云

设求奢想，生命之奇遇、奇迹！

注：写于 2021 年 4 月 31 日。

一方水土

混血而生，融合而长

山西老槐树下有灵根

知，因何而来

边陲而生，喝雪水长

大漠寄情怀

不拘一城一池

晨钟苏醒，暮鼓安息

唐汉厚载我

长安吉祥

十字星召唤

万公里远渡，银翼翔云

长白云之乡安家

一日巡游八万里

故乡之外有家园

似地球滚环

不知辗转何方

注：1. 晨钟暮鼓，西安著名景点；

　　2. 南十字星，长白云之乡，新西兰别称。

青春的模样

引子：1952 年，王震将军召唤 8000 名湘女参军到新疆，开启了自左宗棠之后，第一次湘人大规模移民边陲。

你举着油纸伞

从小巷走出

一抹丁香嫩红了青春芳华

你身着橄榄绿，锵锵戈壁

插朵大漠玫瑰

扮装江南女儿的模样

一把油纸伞

湘江雨珠还在滴落

情缘戈壁，与爱慕的人朝夕共处

四年一次桃花返坞

你总眷恋家乡的山水，于池塘钓一尾鱼

喷香里不忍下箸

茶油清凉，滋养你那双明亮的眼眸

一根扁担几代人挑

瘦了江河，肥了茶山

青春是一泓多情的水

绕家乡绕边城

如今衰老的根根白发

仍历数着当年经往……

注：按政策，政府规定在边疆工作的外地人，每四年享受
一次探亲假。

鳌头矶

——国庆游山东临清

曾昂首神州大地

"鳌头"两字从明朝辉映至今

京杭大运河

一条横贯中原，跨越元明的水上银库

税收数千亿

撑起了历代帝王的半壁江山

鳌头矶

你见证了乾隆下江南的足迹

与历代文人骚客唱和了

百年盛世

雄踞的霸王气势

惊拍两岸

海运掀开新篇

漕运衰颓， 海运翔达

钞关地位的鳌头矶

荣华消弭

石鳌低垂着头，气数已尽

乾隆手书犹存

京杭大运河涛声已去

历史瞬间，改变了财阀

　　注：鳌头矶位于京杭大运河和会通河交汇处，当年坝高雄踞，一览十里盛况，是元、明两代商船上岸缴税之处。

羚羊谷

曾慨叹羚羊

用坚实蹄印抠出

深山腹部数厘宽的小道

羊肠道贴着崖脊

送羚羊攀高、啃青

领骚众目

今见羚羊谷

已是道法训练场

石山被世纪风雕刻变形

琥珀色扇形环绕

绝壁犹见，蹄印布满

时间，于大山缝隙里喘息着

有路也无路

蜿蜒云间

因《白鹿原》

因一部名著

寂寞的小山村成了翘楚

食肆一个挨一个垒连山顶

人群一波接一波，蜂拥网红打卡地

原想踏着作者的脚印寻迹造访

未料，足迹驾鹤西去

不留一滴墨香

未存半笺华章

夏季正午

太阳烤熟的原上

我看到，有两只白鹿啜饮水边

注：《白鹿原》是作家陈忠实创作的长篇小说，于1998年获得中国第四届"茅盾文学奖"。

六一回眸

春天

爱上了翻飞的毽子

取公鸡锦尾绑扎

铜钱做底

踢上跃下

蓝天里轻盈着单纯的心

夏季

恋上了水天一色

池渠飞溅起喜悦的浪花

为了节省一角门票

少女队出没在围墙荆棘内外

冬日

尝试黑甲山高位速滑

裤子磨出双孔的洞

十几米高出溜直下

悠然似一条贯鱼

秋季

喜麦垄金黄

捡拾麦穗，坐在打谷场中央

想着昔日土地归地主

倍觉今天的我们

好幸福！

无辜的人们

110枚导弹雨点般地飞向叙利亚
火光冲天 、大地焦耳
交战武器残忍地蹂躏着妇女儿童
人类的愤怒，从未像今天这样
爆眦

翻飞的焦土里，拌着血肉骨浆
一双双未及闭合的眼睛
于死亡前， 痛苦、 惧怕 、抽缩
瞬间定格

我想起三年前
那个趴在海边的小男孩
停止了呼吸
掀起世界舆论的巨大声讨！

弱国无外交

叙利亚孤独外交的侧影

和甲午战争的李鸿章

形影相吊

开埠口，赔偿 10 亿两白银

一个个丧权辱国的不平等条约呀

刀刀砍去华夏丰腴的膏土

满清百年至今

伤疤犹在 ，旧恨难清

叙利亚大马士革

人称离天堂最近的地方

而今

山河破形 ，人间地狱

一双双哀怨的眼睛，除了泪水

还有愤怒的声讨

注：写于 2018 年 4 月 16 日。

乐疯了

周末，阳光几次喘息

乌雨舞弄云端，淅淅沥沥，一次又一次

男生小分队备足行头

驱车，登船，上海礁

有一位经验丰富者引领

大海之事，难以控料

时间 13：45

山崖下、海之边，水深 30 公分处

水温 18 度

幸遇久违的最低海潮 0.27

风险等级低，可控

监控人海边遥控，揪着心，看场景推进

铁爪子描中目标

抠"海螺"，挖"沙蚌"，撬"生蚝"

几只"乌贼"差点被活捉

几只螃蟹夺命狂逃

男人乐疯了

一位说："我还抓了只海参呢！"

另一位不服气说：

"我还抓了只'黑金鲍'呢！"

也许是生平第一次玩趣大海

老顽童变成擒拿巨无霸

山川宝藏取之不尽

海洋财富劫中有枯

玩海须吝惜，人命莫轻视

让生态未来

依然——金山银川

注：写于奥克兰 2021 年 5 月。

孔雀焉知

一块岩石插立海中
那是孔雀岛东大门
50 里航程白浪相随，估约 50 分钟
我们一行三人几乎专船抵达
（船长、二大副加游客三人）

岛上风光绮丽
港口漫卷如林的桅杆
百艘船儿被波涛轻柔托举
船屋、船架林林总总，二三层楼高
停泊着待破浪乘风的船舶

诗经里的蒹葭苍苍
在哈拉基港湾不远处生长
形似羽杖的过人高的蒿草
于树木葱茏的河边时隐时现
舞弄着诗情风骚

岛上房地产业，如火如荼

由易建公司领航

几十栋红顶白墙小轩窗的连体别墅，少了雅致和
洋味

疑入荷兰小镇

原本追捧孔雀而来

听说岛上孔雀尚在游人间大方穿梭，乐哉！

瞬即忘了潮汐时间

迫不及待奔沙滩，淌小溪，磔礁石

拎鞋，赤足

常年长在礁镴的海螺生存不易

上抵海鸟喙嘴尖利

下防鱼贼噬咬

见一手掌大的螃蟹经过

海鸥追上，几口吞没

附在褐色礁石上的生蚝

柔体滑腻，缩身坚壳

一生打造钙质坚硬的家

和海礁黏缀一体

也挡不住海霸王，裹食腹中

波涛把皱纹留在海床上

风吹来层层叠叠

像沙滩绘画

兀然，见画中一枚浑圆的蛋

鸟蛋、水鸭蛋？都不像

是谁家鸡不远千足把卵产在沙滩……

拾起来小心翼翼包好，另一重惊喜

到家方知今有不祥

然而未见异常洋流，巨浪

唯有生蚝和鸡蛋安放灶头

窃喜

注：新闻报道称，2020 年 6 月 19 日凌晨，新西兰北岛发生
7.4 级地震，初步估计新西兰沿海地区可能会遭遇强劲和异常的
洋流和不可预测的巨浪。而不知详情的我们却偏偏选择这一天去
50 海里外的孔雀岛。

海上骄儿

一朵朵浪花，激冽银色护航曲线
一艘艘船只，摇撼大海的冲天气势
新西兰酋长队美洲杯夺冠，豪迈巡礼

一个偏远的南太平洋岛国
区区 500 万人口
为什么一次次捧回含金量极高的
"美洲金杯奖"

当今酋长队的赛事之旅
充满了科技挑战和海上冒险精神
享誉尖端科技弄潮儿的美名

当年，他们创新出 12 英尺的玻璃纤维船
因跑速快、阻力难控，禁止参赛
2017 年，第 35 届美洲杯
新西兰酋长队古怪创新，首次采用自行车动力液压

系统

赛场夺冠，并获得设计领先奖

还设计出世界第一艘无舵双龙骨船

终因冒险过度，被大赛组禁止

2021 年他们自主研发的水翼船

流线型甲板，悬舱式轰动

以超前 600 米卫冕

第 36 届美洲杯帆船赛，

引发的尖端科技创新热

完美诠释了体育精神

一个偏远的南太平洋的岛国

凭什么一次次捧回

强者林立的美洲杯！

翻开历史记录：两次卫冕成功

1995 年，酋长队战胜美国魔法队

首次把金杯囊括在胸

2000 年，酋长队赢取王者之位的意大利月神队

金杯再次回归

2017 年，酋长队战胜霸主之位美国星条旗队

金杯高高举起

2021 年，凭借 40 年经验，

船主自动研发的引风力水力，利用空气动力学原理

平衡 360 弧度的飞翼船

斩夺旌旗

当年麦克船长，借助勇力登上

这片富饶的土地

今朝新西兰酋长队，以勇力、财力、科技攻关

神奇续写强帆之歌

屡次采摘海洋深处，那朵摄人心魄之金花

传承着海洋精神与日月同辉

注：1.感人的还有王者之语：奥克兰市议会已经证实，新西兰酋长队主动提出请求，发言人称："不举行盛大的游行活动。大家都经历了疫情艰难的一年，他们不想再为奥克兰和纳税人增加更多的费用负担。"

2.美洲杯帆船赛，与奥运会、世界杯足球赛、一级方程式赛车，并称为世界范围内影响最大的四项传统体育赛事。每四年举办一次。美洲杯只有第一名次。

民生之乐，简单平凡

大地丰馈，取之不竭
带来生息之快乐

小满过，盛夏将至
酣睡的麦浪簇拥出金朵
城里人来了
为怀揣喜悦的农人带来舞蹈
身姿随麦香荡漾，隐现一片金黄
一曲麦浪滚滚高音猝起
和声像澎湃的海潮
摇醉金穗

麦子熟了， 开镰在即
试汗的"鱼肚白"重扎头颅
搬运的手推车吱嘎声响
装粮口袋撑出巨大肚腹
麦黍熟了
"后稷"袁隆平又一次巡征

现实版的木刻

起伏的金浪，被机械手拦腰截断

世纪镰刀，邀进博物馆

仲夏千万亿滚圆的麦粒

跳跃在柏油路面

接受太阳烘干机的灼烤

有阵雨消息传来

农户人把麦粒几番聚拢，上下摊翻

数次弯腰低头 勒口绳索茫然

丝丝柔风

想抚平庄户人脸上的皱纹

那是溽热桑拿，强光辐射，风霜雕镂

现实版的丰收木刻！

藏在暗处的咕咕鸟，等待俯袭

太阳风加大吸力，蒸发水分

麦粒一波波，撒下辛勤唇语

斗民以食为天，抢收犹如沉重的起吊
每一次抬举，起落，肩扛，推拉
都是腰腿臂力的完美爆发
镰刀岁岁呈亮，农人不易

飞马行空

飞马
孰人不爱，奔腾如闪电
猎猎鬃毛，席卷旋风

飞马，谁人酷比
每一条肌腱颤动
蕴含着排山倒海之势

飞马，配将军
战地黄花分外香
苍山写满忠烈

马蹄疾，马狂啸，马前空
马的强大基因
满载着彪炳

崖那边是海

地壳震动

山脊倾斜

一层层沉淀物裸露地质纪元

十几丈的山崖上

坐落着数栋海边别墅

古龄苍松环拥

弹谱着遒劲、幽谧

峭岩下，汹涌海水日日冲刷

吻出大大小小的沟槽，洞穴

罅隙发出神秘轰响

沙滩没其踪

攀缘者沿峭壁，寸寸挪步，玩心跳

勇敢者游戏

一行四人灰头土脸贴紧崖壁

险阻之路

被几丈汹水拦截

忽见一条荡绳悠悠悬空

牵住树杈脖颈

崖前绳索接过手，腾飞之身影

惊险，好刺激

一路欢喜

有浪花飞溅裤管，凉飕飕

贴崖壁，听咫尺心跳

观山体，看沉淀世纪的脸书

激越、亢奋

又一次在心底、笔尖擂响

注：逢新西兰新冠疫情由四级降三级的周末，头一次向海边漫行，沿着不一样的路途探险，竟发现了胜景，悠哉乐哉！

两半球

地球乱发脾气
南半球，长白云之乡入冬，阴湿多雨
北半球，中国西南部，夏温高达40度
同一时期，热冷气流不同

南半球老人，披棉御寒
喝杯咖啡，暖肠，醒脑，人气鼎沸了咖啡馆
北半球秦岭腹地，避高温
追风凉爽、楼置屋空，"兵马俑"山涧数卵石

想一年前秦岭"雷霆行动"，百姓拍手称快
百座违规别墅强拆
冷峻的光，横扫西安肺腑
清风沴透，新长安八景，

站在太平洋南隅
心系万公里外的秦岭家乡

愿大海熏风，捎去一枚枚橄榄叶……

泊在亲人的瞳仁里

注：写于 2021 年 7 月奥克兰北岸家中。

叁 生命季歌

金 叶

物种一次次凸显

流韵与风筝，奏出巧妙乐章

新一轮秋黄伊始

生命歌舞，炫在枝头

也许心叶触动波心

随山溪潺潺，流经远方

清冽水漾里，有鹅卵石对眠

澎湃的水力，恰好舒展腰身

也许簌簌纷落，

化作大树脚下一杯泥土

无需沮丧

土壤微生物开始甄选

继而天公送来厚厚棉被

美梦滋润天之涯，海之疆

丝丝缕缕，盘桓出蓊蓊郁郁的巨伞

金叶诞生新年华

历经翻卷、飘零、碾压、变色

凝滞入泥的金叶

不拒平凡化朽

无恙枝挑高下

不在乎生命样态的繁缛礼节

相续季节

苦守：生生不息！

注：在 2023 年大洋洲网络春节晚会上朗诵。

风 铃

悬挂寺庙角落

随屋檐清风呼出内心炽爱

季风挚友日

我道高一尺

你魔高一丈

隐显任风

立声巍峨山巅识响雷

有时欢喜下山

荡孩童欢笑

叮叮咚咚藏真实

我的存在，密告着

风的纵横

不著一字一文

却写满了天地间风影履历

无形、灵动飞扬，享受悠久旷古

云翳

云灰蒙，鸟鸣啾

翩翩起飞，划破黎明

几道电缆兀眼前

阳光瑟瑟，躲避云天外

南国行，暗伤情，绊旅人

好梦扯难圆

键盘遥想音不休

身心可安

化作愁绪扬

云 醺

重重叠叠

以磅礴气势占据太空

硕大绛云团翻滚涌动

核燃力

像是炸开了天空肚腹

光魔神秘变幻

轻轻揉弄着

血漾絮团，海蓝氤氲，灰白气魄

一轮红日，

穿透云腹而娩

泽披宇宙八方

煌煌兮！

树　像

少年
我喜看树的挺拔
盼望长高，再长高
像一株大树，立起我人生大厦

中年
我享受大树的蓊郁
丰茂得密不透风
有喜欢的雀儿，筑巢放歌

晚年
我怕见树的凋零
由青壮的翠绿、花甲般的金黄
到夕阳下的褚红

树的色彩多变
般若搭设的迷宫
轮回的树龄，随色泽迭貌

秋分，忙坏了祭日拜月

自打太虚宇空，

火球 360 度旋转

引蓝色星球，日行 8 万里

自打后羿射七日

留一轮太阳值守

伏羲驾车作息有序，万物欣欣然

自打太阳春分北上

秋分垂直南巡

地球昼夜，均等能量守恒

忙坏了人间，拜日、祭月

注：后羿古代之神，射死七个太阳。

夏雨，家门口

若春雨贵如油
那夏雨是什么呢

头一场夏雨浇透白鹿原
朦胧纱帐里
起伏山脊，依稀可辨

被夏雨淋湿的樱桃
滚圆着光滑身躯
散发出独特的香味

小路上的青葱叶片
滴落着滚滚绿液
像无数颗晶亮的眼睛

庭院再小，无一例外接受夏雨洗礼
滴答，滴答，叩门、敲窗声
亲近得你，彻夜难眠

诗配画：短诗五则

（一）秋躺在水漾

秋黄坠入水央

离散的鹅叶漂浮点点

似皂角，给秋洗个冷水浴

涟漪被顽风玩弄，水漾绰绰

模样变换着，迷宫模糊了秋影

（二）山 峦

层层叠叠峰峦，重重雾障紧锁

云气变瀑布，涌出峡谷

山脊任冠树，插满绿荫

峥嵘裸露，何以为势

峻岭无须细言！

（三）鱼 族

自打睁开眼，就以气泡为生

游翔惯用多姿，自得七秒记忆

灵敏的尾，剑弩的腮

支撑起海洋冠军的称号

（四）鸟 雀

以树丛为巢，唤你精灵

总是高人一眼

站在树冠的屋脊，啾啾鸣叫

是求偶，是发现？

至今无人知晓，雀儿的八卦

（五）石桥拱梁

山中古老石桥

拱梁，藏长廊屋宇

刺青白云，牵来远处山峰

竞高下，比雄雌

"险峻"融进水墨故里

风信子

把儿女裹进绒绒绣球里

披着柔纱唱起摇篮曲

偶遇大风掠过

曼帐以光速瓦解

天晴丽日，给点阳光就灿烂！

不择地势生

黄色小太阳是你的壮年

炫田埂，诱蜜蜂酿蜜

旋墙角，给光阴一抹暖色

落在大草甸上

一个个微型小脑袋摇动金盘

哗啦啦，哗啦啦

风鼓起劲

奏响一曲曲信天游

瑞雪庆典

北国第一场寒

化作风萧萧，雪飘飘

有暖气与心火对峙

黏湿的防疫帐篷

接壤地寒，犹如彩色蘑菇

开在霁雪中

节庆的华丽修饰着

寒冷枯枝

瑟瑟中，你我匆匆走过

几幢红墙花树前

国庆留影

致一声亲切问候，祖国您好！

身姿婀娜，倩影俏美

心里的热流汩汩

化作红晕贴脸颊

六角小精灵，星光往返

举着璀璨银花

为母亲巨人编制不朽银冠

画 竹

一笔画竹的挺拔

夭折又崛起

质问，为何笔下残墨

掠过风云暮霭

抚摸过古人案几

竹清爽、秀颀，飘逸自典籍

不肥腴，娘胎起

濯清流，立空响

有芯尖的竹节节拔高

飒飒竹笙：回响陌野、墙外、心中

墨竹语嚅

宣纸洇洇

总 有

寂寞乡村
咕咕声夜间响起
不知何鸟唤所求

果林中
落选的果红藏匿
五月微风将尽，一抹残红再吻

庭院里
阳光照不到的角落
阴霾悄悄偷袭着树杈
反叛，于疏枝间流泻

寂寥日子里
莫名的情绪涌上心头
心情黑白间穿刺
风一阵，雨一阵

内皮尔见闻

引子：内皮尔，位于新西兰最南边的一座旅游沿海城市，以数十座酒庄闻名遐迩。百年前曾遭大地震蹂躏，如今一片祥和宁静。2016年圣诞节，我们来到这里。

总有

粼粼波光漂浮海面

无论艳阳

还是淫雨绵绵

总有

黑沙滩远方延伸

无论美丑

忠实描绘大海的威严

总有

松树、榉树，扇形绽射

无论高矮

默立似美男儿谦谦

总有

人影健步海滩

无论老幼

与海浪窃窃私语，比肩接踵

总有

海风任性钻进门扉

无论默许

一味轻吻朦胧的脸

总有

酒窖千里万里飘香

无论东西南北

酒沽千盏，是否酣醉？

内皮尔

我一路狂奔

过汉密尔顿，甩陶波

寻找你的神奇魅力！

注：内皮尔、陶波、汉密尔顿——新西兰地名，著名景区。

灞　河

灞河，从唐朝蜿蜒至今
岸边杨柳依依
难见贵妃

千年后，同一条河道丽人戏水
水波依然
美人已变

滩涂上的鹅卵石还在繁衍
旧日青眼，一波波
熟碾着这片清流

新世纪，楼宇
天际线矗立，高低错落
滑翔着现代人的音符

昨日

山洪泛滥，石卷浑浊忘却

新貌与旧颜

都属灞河风流任性

注：灞河位于西安市东郊，发源于秦岭，原名滋水。

喜事撞怀

鸟在春天做巢

樱桃挂果五月

娇羞怦怦，绿叶沙沙作响

暖风送来呢喃

犬声裂开热闹的村庄

阳光催红桃脸，待出嫁

早大果，意大利品，红玛瑙

挤翻了箩筐

香味挂在果农眉梢

勤劳的双手，抚摸丘塬、阡陌，角角落落

泥土润芳涯

怀报三春晖

注：西安蓝田唐沟村樱桃成熟，采撷万亩樱桃园。

蜀 葵

文人养兰草，官家种牡丹

蜀葵本性卑，六月陌上行

红色、粉色、兼色，一树高挂

麦子沉醉垂头

唯它夺目

花瓣盈盈似蝴蝶的彩裙

凌空攀缘，蓄念节节禅意

清爽地柔绞，于田间，庭院

犹喜立麦穗旁

沉沉陶醉里，看一串串熟落

注：蜀葵产于四川，越界西北，每年6月至8月花期，盛开麦地旁，另名大麦熟。

秋 吆

我把红色给了枫叶

秋瑟瑟

寄上我的相思

我把柿子悬挂枝头

火龙蹿

叮叮咚咚，一串璀璨

我把水流激冽清凉

冷霜凝脂

给江河涂上了护肤

大地缀五色彩

庄户人心里淌出，蜜一样的甜汁

我把天空撑高，

无限轩昂，

爽亮了山谷的眼眸

酿万粒种，报大地丰功

游龙穿梭爬行
几日不见
蔓叶间蛰伏变色龙

太阳花，妖冶地长
南瓜孕期在即，济公的葫芦
布满庭院

通红的朝天椒躲在
碧绿里
一支无声歌，从春季谱到夏季

西红柿、黄瓜豇豆、紫茄子
万紫千红拔头筹
肾上腺素，激励在 10 平米方畴

春茂盛，夏浓烈，秋炫果

季风的歌循环奔放

四月槐花香，五月樱桃红，七月捧刀瓜

八月瀑豆泄，九月金柿枝头眺

岁月，犹如汪洋的河

万紫千红耀眼

酿万亿粒种，报大地丰功！

注：写在 2021 年 8 月 5 日伏天之晨的家门口。

配画诗两则

（一）瓶花

拙朴爱，围着泥土牵手

恬静开，深陷心跳之芬芳

不奢不躁，不贵而尊

憨态似穿越

塔克拉玛干沙漠，祁连山脉，秦岭山麓

今不得已，驻留一尊小钵

平静细述前世经往

（二）菊

九月

菊被架上凌空

长满汗痘的脸，涌动着涓涓内分泌

滋润着弓箭般的火苗

莫说火苗太弱

千万支弓箭簇发

最寒气候，最长岁月

雪　梅

吮吸寒气

绽放隆冬

白雪里逶迤着层层暖色

肌肤温润

片片火苗燃响林间

喜独自曼舞

有多少红艳挑战皑皑白霜

肃杀季节里

唯尔妖娆

敢与冰峰眷恋

有剑桩为你倾腰

唯爱隆冬枝头的雪窝

植下相思豆

赶春的路上

翠绿被披在山隅
一簇簇，翘头挣扎
水融化了薄薄冰雾
盈盈之气，峡谷溢出

粗枝褪去
寒冬磨砺的糙皮
泥土散发着湿润，从大地鼾声中醒来
等待春耕

布谷鸟吱吱嘎嘎
春意闹响
褪去臃装的子民
肌肤泛活力

日头把热情挂在眉梢
春跃上南方七宿
朱雀展翅
早春来临

大地怀抱吉他

大地怀抱吉他，奏新曲

几日不见，苗圃长出新苗

庭院依旧，人貌依旧

唯见秧苗长

乱了领空

大地吹起笙箫

夏风送畅曲

唯青苗生长的音乐最美妙

根须掩黄土

碧绿连芬芳

大地栽培良种，溢满父爱

调风降雨，遣雷震蛰

不因苗弱而弃，不因貌丑而恶

都是大地的儿女

唯厚载

棚下听雨

新搭的玻璃棚
迎来春雨唰唰，紧锣密鼓
天阴沉，云诡变
雄壮音乐起
大珠小珠落玉盘，千军万马战犹酣

雨性子急
风神兼送一程
屋檐哭泣，大树垂泪
河水决堤，马头琴呜咽
墙内人辗转反侧

时辰一到
雨丝入扣，声效弥遁，平静回归
墨黑的夜，吞噬一切
潮润的眼风干，鼾声、呓语再次响起

注：在蓝田农村宅院里听雨，体验了古诗"大珠小珠落玉盘"
的意境。

打捞中秋

流水中，打捞中秋

缱绻笔墨，淡描你的风韵

一笔画出绿池的水

凌光碧透

一笔绘出终南的风

月隐蹉跎

再笔细叙长白云之乡

思恋不解情，缠绕半径地球

还有五羊城的呼唤

沐爱深深

一只白蝴蝶

白蝴蝶偷袭

穿越漆红门儿，翩翩复翩翩

落在红柿子秧里，停在紫茄子藤下

于豆荚插杆中，亲密穿梭

午后菜园唤起了生机

灵巧双翅翼动着写生

俨然的垄耕，作物株株挺拔

蝴蝶前来犒赏

空气燥烈凝固

蝴蝶翅膀摩挲着花球， 花卉

哑剧小景被一首钢琴曲打破

蝴蝶穿进穿出，乐陶然

玲 珑

引子: 不曾想我首次栽种名贵的户太八号(葡萄)竟喜获丰产,
与友共享。

七月盛夏

藤蔓以攀爬的身姿,把浓情蔓延

翠绿中结出一挂挂醺红

绿珍珠,红玛瑙

在夏风劲爆的喜悦中接受检阅

曾几何

孪生的宝宝睡眠状

雨露滋养着翠衣屏障

阳光辉映着滚圆温床

它们是绿叶的心跳,希望!

待温床连接成一个个巢屋

膨胀再膨胀

晶莹的品相，玲珑的爱意

盛满太阳的香气

土地的爱意

几日架下

邀三五好友，拎出一串咂舌尖

清凉，去夏季燥热

甜蜜，滤岁月苦涩

日子在一咂一品中，变得丰饶有趣

若再有一阵清风拂面

几首小诗伴吟

相传的桃花源

穿梭 3000 年瞬间而至

夏日的矫情

夏日里，矫情爆发
忽一日倾盆
漂泊雨大河小溪灌满
山体稀松，泥石流拥堵，激烈时房撞屋塌
山民哀嚎，人畜无载之地

夏日里，矫情爆发
若几日持久曝晒
秧苗蔫黄，人整日汗水涔涔，衣衫难遮
蚊蝇裂嘴，光滑的肌肤上，奇痒迭起
溽热凹陷了乡村、城市蒸桑拿

酷暑天，人们祈呼下雨吧，下雨吧
雨的喜讯穿街走巷
昨夜雷声滚滚，风打雨帘漫卷
倭瓜花粉遭雨劈，葡萄醺色愈玲珑
铁树威霆，凛凛不动声色

七月伏天流火，

咳喘的雷雨铆足劲儿

暑热的生民，感受着夏伏火爆

忍耐力推向极致

注：记西安夏季的热伏天气，洪流水患。

巴西豆

喝一杯咖啡

巴西的英豆，香气馥郁

以粉身碎骨的姿态，迎接

众人品尝

与奶融合，酝酿了爽滑

与糖相析，调制出甘醇

似酒醉人却比酒性绵长

怡情、醒脑、护心，回味隽永

声誉自远洋，或更辽阔的区域

一枚枚巴西豆走西闯东

命运注定

天涯守望

注：咖啡在国外是普通饮品，老少皆宜。

祭拜的神力

秋分望月

年年月圆昭示美满

臻于华夏数千年

月亭祭拜，蟾宫折桂

诗朗诵，载歌舞

阖家美宴

禅月馨桂，造设许多

奢想很美好，现实却难

一块心饼切割多层

人伦之圆

父亲于17年前病逝

我已追不上体恤

夫妻、姐妹，太平洋相隔

闻乡音，不见容貌，网络问候

多是人间常态

中秋祈福，心情装进月亮船飞驰

夜行8万里

天上人间寻访

想念之人，亲爱之人，天涯之人

祖溯三 ，下承孙

共襄禅月吉祥

注：国外过中秋节，思乡思亲人，是华人普遍的情结。

雁儿飞

长空万里，雁行阵阵

没踪振翮

悠悠白云

不屑征人旧语

总把前方当归宿

啾啾

从春到秋鸣叫

万里寥廓

常把万里抛身后

经年，经年，新羽展

横渡长秋

知了（蝉）

弹股绿色屏障

以草叶，树木托身

饮树汁，露水，肚里空空

鼓足生命呐喊

知了，知了

一生躁叫，力竭声嘶

春如此，夏如此，秋如此

白茫（忙）一场

知否，知否

未知骷了

岸

湖岸摇曳着一片粉红

那是湖姑娘的妆台

散发着玫色芳香

清凉山矗立黄河岸

那是兰州人的肺腑之地

邀朋携友，吐纳胸臆之气

南太平洋的银色沙滩

那是海水眼眸搁浅处

留白方浩瀚

驿站是人生的起点

短憩上征程

力与智，交锋绰绰……

伏天之火

伏天之火
烤糊了诗文
于灰烬里找寻翻飞的蝴蝶
美丽已沧然

伏天之火
炙出了愚钝
清亮眼褪，瞽盲眼进
取一片荷叶擦拭

伏天之火
催生热疗
灸熏、膏贴、治寒疾
以火毒攻冷湿
病愈伏天里

伏天是告慰

秋果全凭浓浆渗灌

非盛夏酿

不得秋实丰硕!

乌 云

乌云锁住晴空
一丝光竭力钻出厚厚云层
于边缘，缝隙
发布晴朗

绿抓紧着绿，花抓紧着红
好似人的心境
追赶着晴阴，一阵儿折腾

乌云再次聚集 寒意周彻
低处与寒气中调整着状态
紧裹衣裳

心事的收放，可没那么简单
沉重的痛，有时泪噎喉咙
一地鸡毛
随飘零的草屑乱飞……

阳光的味道

一米阳光

投向阡陌篱笆

心事植出斑斓

沃土初芽

光线步步扎营

晕出生命的色彩

桃红、棉白、金穗，环绕山岗

山谷之阳

播放着经年故事

阳光酝酿了绝佳美味

日照的每个景致里

都倾满心声

惊 蛰

虫蛰从二维空间拱出

爬行、蠕动、蹦跳

无论行走方式

春风润雨的季节

百足虫蜕去冬季的糙皮

新添一层生命润滑剂

轰鸣的雷公

雨点催促百足，快醒快行

蛰声应答，喏喏

春季运动会

一条条千姿跑道

从土陇、水洼、隧洞，蠕蠕拱出

注：写于惊蛰节气，百足之醒。

柳 芽

——春天之肴

一只无形手
挑起枝条之腰身，风经过飒飒

十里春风，你盈盈云中莞尔
若美人顾盼

鲜嫩芽苞，似柔柔小嘴与阳光私聊
露出最美的笑靥

草坪平坦，岸柳垂目
眼波席卷，浩渺葱茏，沁鼓瑟瑟

驻足远眺、近赏，
浮生嗅到了春天之肴

注：家门口高速路上初春的柳条。

杏花谷

空山浪得实名，杏花满坡

嘟嘟洁白压斜阳

弥漫情，乱虬枝

百步景，参差纵深

引来蜂飞蝶舞，游人争睹

河南、湖南、厦门人一股脑涌进

蓝田华胥：古传女娲娘家

钟灵毓秀，地阜人杰

乙亥初春，山坡杏花、结缘绽放

白嫩、粉琢，犹如玉带铺岭

吸引慕花者，栽种着，南北商人

相拥银色的大小杏园

群芳簇力摇曳

十里玉瓣清香

而之邀约远方

更远的客人！

注：写于蓝田华胥杏花谷 3 月杏花节。

春 分

太阳直射赤道

春分使南北半球昼夜等距

由此昼不增一秒，夜不减半分

地球村民尊享平等

春寒降下半旗

寒暖交替实难将息

腊梅红白袍衣未收

俏枝头

一枝枝桃花杏花，蕊蕾瑟瑟

难抵，风剪嚓嚓

唯孩子欢笑和高飞的纸鸢

凌空飘浮

倾 听

万物敛耳入心
听世界，色彩斑斓，万象更新

高山流水，古韵潺潺
那是钟子期、俞伯牙，握手之声
半抱琵琶，羌女犹遮面
那是粉红心事，流出指端

曹操挥师，赤壁鏖战
轰隆隆，惊涛拍岸三国
世纪伟人，陕北清涧巡天瞰
茫茫飞雪花之俏，新中国大计运筹

物语交流，小到水蛭浮游
大到蟒龙丛行，眼耳难逮的万里之苍鹰
喜马拉雅的腔声，深海抹香鲸低鸣

倾听一世世一缕缕

从白垩纪到新世纪的物种起源

注：钟子期、俞伯牙是千年传诵的知音典范。伯牙善演奏，钟子期善欣赏。

蓝调的咏叹

海面上，白帆点点

山角云披着风，船头斩浪

粼粼波光晃着锦缎，华美祥和

海水妆容，翠绿、靓蓝、墨黑，凌波仙子穿越

巨大水光魔镜里，蕴藏着火山走向

可端睨，星球诞生之际的神奇奥妙

海底有龙虾、鲍鱼、三文鱼等无数珍品

陆世界、水世纪，地球阴柔毗连

天光，海水共享一色！

暮色素描

海风紧似一阵

层层波涛追赶着波涛

不远处，兀立的崖，痴看云集

天边一抹鱼肚白，灿若一线

蓊郁岛与隔海的树木，对峙相向

小巧的鸟围绕咖啡馆，点啄觅食，

掠过人群吧台

飞翔的鸥，在大海边蹈着弧步

自由地拍击水天

光，藏匿山脊

崖上，渐次亮起灯

大波小澜，在黑暗之前挣扎

注：在新西兰北岸十大知名咖啡馆前观景。

阳光的女儿

湛蓝，悬空的倒影

祥云悠悠垂挂

草坪上，黄色蒲公英盘坐

蹭着沙石、土浆，夹缝长

攫牢根部那胚息壤

抬头，天高远而炫耀

伏地，卑草一派和谐

阳光的手，掠过天宇地庭

和地面每株小草、野花握手

活的使命，万物尊享

可匍匐地生，可俊朗地长

物种：不因低卑而绝世，不恃高远而独尊

我们都是阳光的女儿

只需把晴纳入瞳孔

心谷，花海荼蘼

生命不古

我有几亩桑田

守住心中的嫩绿

蔓枝修剪，旁逸扶正

翠鸟是心中的歌，常常邀来和鸣

一畦菜瓜，共守良辰美景

美影美图，不时客串其中

与画中人婀娜

风月无限

文字做巢，暖出一群字宝宝

饱满的想象力终我溘然

走完红尘

画家雅聚

魏子人兰竹居捧出"俊猪"

金水紫气渲来，绘几只黄雀啾啾，葡萄架下歇阴凉

墨叶云游，颤抖的手点线成行

梁策邀翠鸟，荷香暗浮

聚义抒怀，潇洒俊文千里目

树清观海听涛，字字磬钟

新西兰潮人会

陈堆贤砥柱，书写

梦系中国，志翔东方

注：魏子人、金水、梁策、聚义、树请、陈堆贤皆人名。作于 2019 年 6 月 11 日。

灶前画布

烟火熏染，米面浆渗透

围裙印渍一圈圈，版图勾连家庭人口

有烟火的爱叫真爱

围裙人从青丝到白发

锅碗交响曲响彻大半生

灶膛里燃烧的火苗

象征着婚姻兴旺

某日，三十几年围裙分身而去，旋在女儿腰间

烤箱发出滋滋声响

新女性开始操刀、挥勺、料理

美食画册帧帧打开

中西食谱琢磨，推新菜

科学养生，控油，控盐，控糖，控量

营养还兼美味

一菜一果记录美好生活

平凡里续写新版《浮生六记》

　　注：《浮生六记》是清朝沈复的自传体散文，写夫妇平常居家的生活乐趣。

刀 锋

寒锋淬火，霎时雪白

好刀如光速，砍伐无痕

狼烟呼啸

壮士刀餐匈奴头，李将军跃马闯敌阵

寸帛试锋，柔性飘刚

古曰，横刀断水水更流

皇帝赠上方宝剑——通牒

江湖人以刀试锋，惯常刀刃上舞蹈

喝虎胆酒，壮威！

刀锋饰鲜红，绝美酬唱

注：李广，西汉名将，抗击匈奴的民族英雄。

花 儿

借花形跃然宣纸

一点一撇勾勒，墨迹代言

泅泅出荼蘼的花界

脱胎一瞬，绽放纸宣

转世，已花非花

形象意蕴，景，形，境

花是汝

花是侬

花是彼此

注：习画三月，偶感。

线

孩儿从
娘胎扯出脐带线
一条溯源生命线应答
孩儿从哪儿来

光线从红日析出
金色芒针
感应寸寸土壤
丈量地球分毫

心仪频率发射
万千念头
脑突触连缀
影像集由此生成

宇宙，以光线呈像
代际层叠
N时代，N纪元
转眼一瞬，一元复始

生命的样式

我歌唱生命的样式

博大丰富，精致绵远

灵灵纤细，姹紫嫣红，蹉跎进化出，不一样的形色

万象国的根

须扎进阳光，命脉植进光景里

春风，掠过岩层，探访物种密码

不慎把花粉跨时空远播

春蕤，夏盛，秋黄，冬贮

雨珠，轮番宠送乳汁，点点结出爱的美满

万物，捍卫多样性

像热带雨林，植物精美标本赫显

海底岩层，动植物 DNA 昭然

物种恋歌，九曲回舫

大自然修行，眷恋着远方，更远方！

投 身

倾天，银珠滚落

与早春的气象里蓦然相许

带着寒霜的料峭，不惧骨化

不再季节里驻守，偏要错轨

难道应天公相邀？

春花于枝头，紧抱素天宝钻

起伏胸脯，透着冷飕飕，风景错乱

有人爱不守魂，偏要立风雪中

捡起一颗颗晶莹钻珠

暖化了掌心纹脉

注：2019 春季，新西兰寒降冰雹，罕见特志。

大　寒

冬季的终结
寒以雕塑的形态，凸立
周天之冷，冰封了河流

梅花喑瑟
润化出血色欣语
与古筝调制出奇寒袭香

惊鸿一曲
冻天美人释放轻盈
雪绒花送来别离

注：写于大寒节气。

兆 雪

悄悄弥散
自高空抖落结晶
六瓣花卉，乍开素颜

贯天地
气脉逶迤山川、冰层
致美，璀璨万象

坚硬冰川
无骨，却有姿
有形，终将融水
无色，却浸染山川

偏爱油菜花

洁白的花瓣里

甜的相思，从四月缠绵到七月

果农痴痴地守候

樱花，轻轻开果，润润地来

施肥 、培土 、修枝

每一朵花瓣都有生辰八字

节气催发，诞青桃

无果的樱花过早夭折

尤感女儿家堪怜，时令催人老

杏花、 桃花、 樱花

热闹几日，灿了又殒

诞生一堆宝宝

油菜花却旺盛得荼蘼

开花早，花期长

数月摇曳灿灿

经春寒，至暮秋

冷热怎奈何了它！

风

常常借物的形

炫耀自己

看不见摸不着，却毁灭

大树哀嚎，在翻拍的叶掌，施行淫威

微风畅曲

袅袅吹皱一池湖水

江南风光美，游人脚不闲

花红，草绿，人抖擞

抖音频频上传

风是大地的呼吸

惯常隐遁

空灵得无影无踪

至今，人们找不到它的洞穴

萤火虫洞

周遭幽深通邃
洞穴物象繁多
石笋、石柱、石乳、钟乳石
相交叠趣

奇异光熠熠生辉
幽幽蓝光，痴恋岩壁
小虫吐出长长亮丝，诱天敌
璀璨洞窟，光阴封锁

喀斯特地貌洞中美景
蜘蛛独享天庭
紧挨石灰岩壁，隔绝人世
不曾惊风，不曾闻雨

未料百年后，毛利人潜入
绳索悠悠，荡入神奇

洞天暗河，木船缓行

萤火虫国，终陷入游人如炬目光！

注：新西兰怀卡托摹石灰岩萤火虫洞，是毛利男子 1887 年首次发现的。由于当地注重生态环保，参观小船不用动力驾驶，只有一根绳索拽拉前行，保存了萤火虫洞完好的生态。

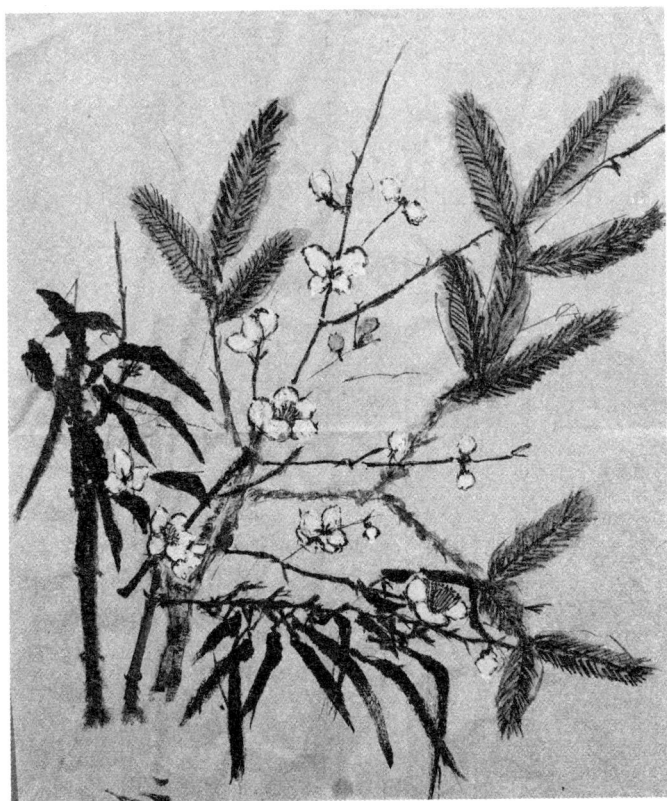

伏天之水

潜入湖面，收笼夏雨
以涟漪为形

掠过池塘，缴械清风
以皱纹著衣

伏卧荷叶，灌下雨水
以露珠为吻

遣来使者，蜻蜓抖肮
以弓尾奏乐

以勇者济水
横渡，溅仙女散花

流火的七月
夏水以多样化，借调水源，滋润万物
雨中添进来了，蛙鸣、蝉叫

秋字歌

一半碧绿

一半金黄

谁说秋只有金色，那是绿的禅变

拔节的麦粒，孕育在翠绿的怀抱

一边喜水

一边喜风

风声鹤唳

秋波里荡漾着，两心相许

一边荣长

一边自焚

以摧枯拉朽身躯，馈赠冬雪

撑起来年春天的铧犁

秋高气爽的天气

景色姹紫嫣红

柿子、核桃、石榴，登高枝，乱了眼眸

看不完的秋韵

嗅不尽的三秦风光！

杂树丛

杂树丛

半个世纪的粗砺根茬缠绕，枝蔓交叠

猫做窝，鸟筑巢，乱于房前

于是，砍伐、修剪，使嫩绿延伸

一排新树墙植入

腐杆扎捆堆路旁，求壁炉

一日，多日，不见人造访

某日走进一家 KIWI（新西兰居民统称）

见斩断的树枝，30 厘米长扎紧，整齐码放纸箱

豁然明了

送物需体面，讲究温馨

纽国人心厚道

美丽的生态，须人心维护！

心跳弦谱

小时候

我的声音很纯

喜欢讲童话故事

长大了，职业操守

话里多了副面具

常常讲些循规蹈矩的事

再后来，舌头多余了

声音成了交流障碍

改用文字笔记

文字浸透了水液

提不起神

就用清欢去熨烤

用绘画去增色

醒目红，灿烂黄

痴心绿，遐思白，静谧蓝

淡影结晶

清晨，沿着海岸线

细碎浪花，吐出最后一抹喘息
大海把身体拍碎在岸边
海岸线，听惯了沉闷的怒吼
见惯了巨浪跃进，举碧玉翠

无限延伸的海岸线
蜿蜒裹着细沙
浩渺平静里叙说着喧闹

昨夜的海葡萄、海草
被海水撩拨得体无完肤
似一具具沙滩骷髅，挥发着海腥味
贯耳长风，做着忠实的传播

太阳开始晨耕
光波里浮动着斑斑金缕衣
于是海水
有了形，有了色，有了体味，翻腾起无限的表达！

凌空几重

一只黑色的鹰

飞越千米

沿高空绘出美丽的弧线

上下拍击振翮

滑翔出扇舞

三五只麻雀

停留四五米高的杂树梢电缆

摆姿秀美

啾啾着自鸣

翎燕

展开剪刀般的翅膀

一寸一寸削着云朵

呢喃唱起七月情歌

高翔的鹰

领空为王，美丽空映

亦喜檐前燕子

叼来夏日一枚橄榄

捎来，见字如面！

写 生

雨后湿漉漉小路，被高大乔木遮掩
黄昏降临，阔叶桑抖动枝蔓
想托住雨滴，未料绿汁倒流

帅榉冠于天光刺透，暴露稀疏枝杈
婆太柳被海风吹乱钢丝头
少了矜持

远处树木以 360 度圆浑
似地毯上滚动着大大小小的
绿色橄榄球

弧形北岸大桥
被一枚银色戒指镂空
下梭海潮，上疏蚁车
车阵蚯蚓般
沿北岸大桥滑行
各国交通都一样，路再宽，难通行！

狂 风

狂风一夜怒吼

卷过山岗，掠过海面

于草地上疾速翻滚

栅栏撼动，柴门撕裂

花草倒伏

街道的门窗瑟瑟发抖

树叶飞落，重心失垂

树桩连根拔

枝头的精灵一夜白了头

锁在屋宇的人们

Wi-Fi 短路，

任狂风肆虐，风情谁人能解

注：奥克兰气候多变，大风袭击与丽日蓝天常同日上演。

月的变奏

皎洁得令人目眩
柔曼纱帐里朦朦胧胧
美在影绰绰，情侣芬芳

寂寥，醉卧广寒宫
吴刚酿出桂花酒
消钝了嫦娥下凡的痴情

炯炯黑夜穿棱
银色的眼睑一轮轮
似数不清的月神造访

人世遑动
望月是月，也非月

我心有荷

水漾生，恣意地长
怎一个"惬"字了得
与月晕环环相印
露水，晶莹相吻
悄悄甚好

喜居一方静水
随淡雅的芳香对舞
不羡浓艳
月下独影绰绰

自从来了宋人周敦颐
一池绿水搅皱
孤芳闲舍难安憩
莲子守莲蓬，不着水痕

注：周敦颐，北宋著名哲学家，所著《爱莲说》影响广泛。

巢 居

总认为栖身的房子很结实
见邻居家吊车来了
大铁掌一抻一抓
屋顶掀翻

墙壁四面哗哗倒下
阳台、楼柱、玻璃门窗
全在咔嚓声响中，化烟尘一缕

联想海啸袭来
水沫上翻卷着木板残骸
百年老屋呻吟
倾覆于水火无情

机械手
是人力最普遍的发明
动力臂延长或毁灭、或建设，一念之间

人定胜天，一首唱了几十年的老歌

瞬间走调

注：在新西兰观邻居木板砖房拆建。

合 掌

引子：不留神走进三江源唯一藏传佛寺

黄色经幡，屋檐翻卷
一袭袭皂色道袍，绕身九匝
点酥油灯
众僧诵经
肃穆攫取着尘心

世上最小的字，蚊子细，刻满金刚经
须何等眼力与毅力！
禅坐诵经
莲花般的卷舌于智慧
从年少到皓首

禅佛须得心应手
无常难，入常易
木鱼敲击，声声如缕

昼夜泣血

震世上昏聩之人

唐卡，摹绘佛光盛事

高悬佛殿

佛陀盘坐其中

一吸一呼，风啸，云卷

合掌

佛光裂宇宙

涅盘欲火生

众生普渡

注：曾在三江源唯一藏传佛寺小住。

橄榄船

唇帆，浮云中
滑翔板，飘荡水面
隐形绳索绑定
一端，紧缚勇敢者手中

双膝，稳立波涛
飞舟与海鸟比肩
一排巨浪劈过来
水遏落身，谷峰逃命

单手攥紧绳系，振肌肱之力
奋跃滑板，旋扭腰肢
身姿站立、倾伏于浪尖峰谷

制衡水流猖獗，胆大耍杂技
海水出，海水没，如履平地

鹰隼穿行

太阳拍红了手

注：橄榄船是新西兰最小的船只，单人划行。

肆 爱情弦谱

爱之曲

清晨

太阳如绸缎丝丝缕缕

抚摸着姑娘小伙儿鲜活的肌肤

寸寸光耀，涔涔汗津，珠珠晶莹

饱满细胞里流淌，爱的衷曲

正午

太阳芒针如钢针

施虐伤人体

白皙渐退，神经撕咬作疼

为避免火化，爱于弱光的角落隐藏

黄昏

一抹夕阳洒向寥廓

太阳贴着山脊唱晚

金晖温柔抖擞

万物妖娆地吐露心曲

爱之殇之圆满何人能解

撒哈拉的白玉兰

一位男子擎手中，走向心爱的姑娘

剧情反转：

连面包都没有，掷之！

继而又泪流满面从地上捧起

扑向心爱之人

落浊的白玉兰遭受生活贫瘠

爱没有枯萎

4年后男子荷西潜水身亡

女人掏尽积蓄

千朵白玉兰匍匐坟茔

像一群飞鸽盘旋空中，凄厉鸣叫

夫妻阴阳两隔

爱没有撒手

7年后丈夫祭日

台湾家里的门窗全部打开，照亮夜路

几千朵白玉兰翘首，面朝

爱情初生的地方

花香轻盈飘逸，渺渺禅行

氤氲东西南北

那一刻，星空下的三毛

合双掌，微闭目

聆听，天庭传来的荷西声

爱情，踩着星光归来！

一场轰轰烈烈的爱情挽歌

感动了世间痴男烈女

爱情，日不落！

注：三毛原名陈平，出生于浙江舟山，后来随着家人一起搬到了台湾。她只在这个喧嚣的尘世待了47年，但是她却给世人留下了无数令人回味的经典之作。

分娩礼赞

五月果实温润饱满

繁衍是这个季节的流行语

山间，溪水，阡陌，树杈

所赐煦风吹拂，甘露灌浆

阳光暖熟了大大小小的宝贝

一揽入怀的红樱桃、金色杏、嘟嘟月季

大嘴金银花，更有

沉甸甸麦穗儿，稳压枝头

五月果实温润饱满

繁衍是季节的主题词

生命赶趟似的

纷纷一股脑儿挣脱束缚

绿叶托不住滚圆，无数宝宝出生

分分秒秒唱红分娩

繁衍甜蜜，天公恩垂

盛大与渺小，丰盈悠扬

融妖娆的姿，凸显各种色泽，不拘形态

都是大地的宠儿，太阳的娇子

爱的生命

少年视爱如火炬

热情映照天宇

春风吹又生

中年识爱如云帆

泊蔚蓝色海域

理性作桨

晚年视爱如锦被

体贴掖四角

丝毫不让寒风偷袭

爱的经度寸寸缩短

纬度尺尺绵延……

三月里，我和春花一起来

三月，你牵着芳芳而来
一袭红白裙
飘染了梨花、杏花、桃花
春风里， 裙裾婀娜旋舞
叮咚作乐的 ，是山涧清澈卵石

三月，你踩着浪花兴奋而来
暖阳给海水披上光闪
你头戴金钗，足骑鱼脊，灿若美人
海滩一地贝壳，是你设下的万般心机
抛球盼佳人

三月，你的喜讯已到眉心
明眸里，艳波流淌
涤绿了江岸莺鸣草鲜
植被深插根须于水脉
纵横勾连大地

难舍难分

三月的景

如诗如画如梦

春耕里酬劳为先

夏收里欲望茂盛

秋实的呼哨声里

激扬着诗意流虹

天下归仓！

爱欲言又止

——写在 2018 年 520 情人节

爱情山崎岖
托负沉重的情感
执子之手，与之偕老
一生光阴蹉跎

爱情水长流
漫过青山，没过沼泽
瓜州阡陌翠
胅香飘飘

爱情相思苦
日日熬心焚肠
天各一方情难舍
鸿雁传书，望枯眼
爱情语甜蜜

凝结山盟海誓

"上邪，山崩，乃敢与君绝！"

幽谷回响

世间的情

520 的鲜花

今日娇艳在浓情爱手中

由此举证：爱情不老

我们

因爱而生，为爱而亡

美人予我

美人送我苇荻

白茫茫

瑟瑟浅滩、河岸、山谷

摄镜最多，掘意趣

美人送我薰衣草

细碎碎，串歌吟唱

紫色芳香

肃穆贫瘠了褐色土壤

美人送我红荷

娉婷立水央

火红媲美天堂鸟

浓情忒好

美人送我玉兰花、茉莉花

洁白捧素手

芳香夜夜袭

游丝般地靠近彼此，不着粉黛

美人送我鸢尾花

茸茸毛翩翩

打眼一群群紫蝴蝶飞飞

定睛，花瓣舞弄风中

爱情桥

世上唯玫瑰巧克力，映红情人节

而在新西兰

一座石拱桥横天问世

刷爆了情人节的纪录

它是一则寻常的爱情故事

像男欢女爱一样

又是一座不寻常的爱情礼物

天上鹊桥，飞落人间

它源于奥克兰一位普通园艺教师之手

妻子生日临近，丈夫追星赶月

于私家农场，建造了一座长约 10 米的石拱桥

桥墩横跨绿草茵茵

四季鲜花怒放的河床

南北贯通的桥面，象征

爱情的豁达和自由

灰片石砌出了爱情涵洞

有多少石片就有多少颗祝福的心

桥下溪水终日潺潺

绿苔，荇草，马兰花昼夜相伴

倒影里能看到那位妻子

笑靥一嗔一颦

美梦一镜成真

情人节，送你一束风干的玫瑰

情人的月亮
今宵又亮又大
一束束玫瑰举向月海
瞳孔里一抹抹火辣

男女双唇湿润
醉迷禅定的一刻
有情、无情
今夕填满柔怀，勿虚空

美酒飘香
纪念每一个被爱情遗忘的角落
心细胞贲力
灌溉渗透新鲜血液

执子之手，与子偕老，且慢
柔歌一曲《夜来香》

今夜不醉不休!

注:临发稿之际,收到加拿大诗人珊瑚的帖,得知:在西方文化里,情人节是对所有人的爱 。幼儿园和小学生过得最热闹,爱同学,爱老师,爱父母爱家人。愉快相爱,是情人节主体。

最美的花朵

那一日
我见到你，一朵朵无限渡
开在盛大的蓝色缎面上
洁白清冽，高雅迷人

那一瞬
我见到你，川流哗哗
巨大的水上跑道
剑鱼儿飞跃

那一辰
我领略你，一望无际吐着花蕊
凌乱有序的水波，汹涌出
峭壁般的水墙

那一刻
你裸露青春无敌的芬芳

邀约海水从岛屿、暗礁、深海珊瑚涌出
欢腾的浪花洒下金斑银辉

那一晚
无数小天鹅踢踏
循环圆舞曲悠扬
大波小澜漫入大海肾脏
惊天动地的海洋循环，再次爆发

爱恋神女峰

神女，佯装安详
立峭壁，一汪清流脚下漫溯
衔远山，云袖舒卷

日里沐风梳妆，夜来微叹
独自历经千年
爱恋的眼，穿透云障

郎君何方
弃我于高山之巅

见惯来日升月落缠绵
见惯了汹水切齿崖面
见惯了倚肩男女言欢
见惯了葱茏四季演变

巫峡水不曾断流
郎君何方

铁艺和瑞木之恋

引子：瑞木是新西兰特有珍贵树种，材质密实，早年被西方人用于高档建材，后因资源匮乏仅限于制作楼梯扶手。

古典式楼梯扶摇空中
似一对炫伦巴的情人
数丈内激情拥吻
转弯闪了腰

墨黑铁艺亮光逶迤
尊贵瑞木偎依柔肠
密实绵和插不进钢针
曲体阴阳合一

咬合齿痕，呈淡影流年
心中皈依，晕红了头
经典建造历经百年
铁艺瑞木楼梯人见人爱

旋过沧桑走过江湖

盛世浪漫曲线，分毫未泯

祈问神匠今何在

花了白头，心机留世

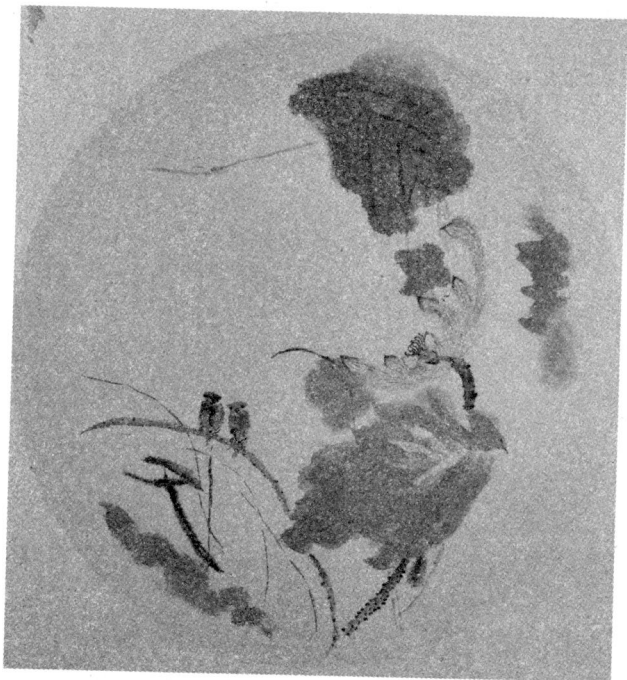

爱情探头小轩窗

夜风
卷起最后一抹焕彩
天边撑起渔网

一行人
疾速穿过澳新军团坟地
巡察 lake 湖边

枫叶
撩起情思 ， 舒展金掌
翩翩抚摩着月行之人

海湾
被天幕缀得无缝无隙
像进入诡秘的莫奈隧道

一段爱情

背向轩窗，滚烫的话语

再次熨熟了男欢女爱的心灵房

注：莫奈，法国印象派画家，擅长光与影的表现手法。

有多少月光可以重逢

月光如砣

称出岁月峥嵘

天地了然于圆月

月光如水

洒向人间鸳鸯情

一轮轮冰洁，清洗肝胆

月光如弦

调遣江河湖海奏乐

谱写无声歌

壮美绝唱

爱在银光里溯洄

重逢的日子化作

分分秒秒

月光已不再是等待

奥克兰之春

喜欢你春的模样

绵雨滋润色彩眺

雏黄菊、圣诞红、粉山茶 、紫薰衣

皇冠朱顶红、天堂鸟

捺不住内心狂，竞相袭来，怒放吐艳

喜欢你树的王国

蘑菇云、塔式松、手爪伞

高冠榉，不拘一格

把欣欣向荣的春茂

蓊郁撑起

喜欢你的落叶缤纷

树丛，草甸，彩眼相对

流泪的红晕里落珍珠

金色涂满君子爱恋

踏青青小径

草尖摇曳，不忍野花哀语

熟睹春光里

最小的不屑

庭院、街衢

花团簇锦

植物不枉春光之媚

灿灿醉人的脸，分外妖娆

自行车上的爱情

晓月如钩

公路上两个轮子飞奔

一周的情怀，融入咿呀呀的月光里

迷离了情志

黄昏泼彩

奔出一辆"永久"或"飞鸽"

30 里的郊区路，走走停停

两颗如意心起伏，怯路短夜长

风擦肩，月喧哗

车速缓，心相倾

真希望夜幕下——只有我和他

30 年前的车载爱情

化成一帧帧的黑白影像

绣镂着热切、微妙、幽深

那年月

日子贫穷，思想简单，情感真挚

注： 写于 2018 年 5 月。

恋爱的雨季

一垄金黄，镰刀挥舞

锦绣大地任裁剪

远处，看彩蝶对对起舞

成熟的季节，青春芳华无人偷禁

秋雨淅沥 微暖乍寒

一纸通知书，飘来久违的墨香

放飞的纸鸢，十年落入襟怀

喜未尽

大学一隅， 桃花烁烁

蓊郁丁香树下 ，盼佳人

未料惹怒了何人

毁园、砍树、盯梢、聒噪

恋爱惹了谁

青春再度失血

雨季的爱唯哭泣

相思种子洇湿泥土

注：记大学一段往事。

五彩丝

哪里有五彩粽子飘香
哪里就有你的香魂

你以 800 年的注目
看破这不堪的世界

怀揣《天问》《离骚》的正统
却踟蹰在流放的肮脏小径

楚国郢都失陷，此身难托
山何以巍峨，臣何以旷达

择十几条河流寻归宿
终投汨罗江，皈依清明

一跃，映出身后满天蔚霞
鬼魅魍魉惊恐失色

《九歌》的旷响

通古今，承五岳，接天籁

注：屈原代表作有《天问》《九歌》《离骚》等。

岁月之酿

岁月的甜蜜，酿在好日子里

与你们结缘在 1985 年

秋果丰收的十月

我从东西南北档案中拣选了你们

引导你们走进新疆电大首届新闻专业的课堂

不胜春光里

采撷第一批优良品种

种入并不肥沃的广电教学土壤

三年教学相长

密织了一张知识的网，友情的网，疏而不漏

一羁三十多年的恭良

醇厚且甜蜜

金秋流光

外面聚首，再聚首

分别，也远离

你步履铿锵，智与力拓展着希望绿畴

身份，随阅历、经历、地位页页翻新

距离，由偏远小城、牧区，到省市城郭

岗位，由普通记者到电台、报社、电视、融媒体

管理者、企业家、儒商、公务员

千变端倪

唯我们曾经是同窗好友

是师生、同行、老朋友，贯穿始终

历时弥坚，友谊珍贵

1985 年我们结缘

应了好兆头

感谢，正确的时间遇见了你们

真诚相伴一生

携旅路上，真情假意混淆

唯与你们结缘相识

是我今生最畅怀的事情

每次见面，我陶醉在你们的功业及盛情款待中

感受着师尊最高礼节

朋友最暖心的祈福

是你们让我懂得了

人的生命不仅仅属于自己

教育的真正含义

是孕育善心，培养爱心，秉承公心

注：记新疆电大首届 85 级新闻学员。

渴 望

岁月的手探进情怀，缅怀流年

20 世纪 80 年代末

一部《渴望》电视剧，演红万街空巷

感悟中：曾经的青春年华装点了谁

于岁月磨砺中长出憔悴

曾经的挚爱是否值得

虚掷光阴里，可有彼岸

那是个万马齐喑的时代

一部电视剧黑马复苏，搅动了时态

乱了国民固封的情感

引发的关于人生价值观的思考

至今——仍在发酵

林间密语

小径幽静

纵深着神秘

高大乔木傍着风之耳语

蓊郁笼着呢喃，费人猜想

露水清泪

晶莹的光与泥土相吻别

蝴蝶美丽得无法形容

人感时光寸短

蹉跎迟暮

……

小径轮辙深深

足印压着足印

一代去了，新生代继往

哀天水

清冷夜，风瑟瑟
残月折疏枝
阑珊影迟暮

不见佳人归
一行清泪浣妆容
潮起又潮落

观音像尚在
水墨化了线条
凄凉随处，卷轴泛黄

婆娑梦影，呼声迭起
天水归云路
断了尘埃

注：看大潮作画，天水对坐凝视，赞多年伉俪濡沫。今逝犹
如再生。

熔亮天灯

落日熔金，吞下最后

一抹焰火

山河辽阔，收拢最后

一抹画卷

转身，离去

这世界有太多不舍

这不，一个叫"春"的女子

源于肚脐，血脉

衔来春泥，在古城西市邀众人

垒起记忆的幸福之巢

用和布克赛尔的流水觞歌

洗去心头之忧

逶迤赛尔山的青衣，祭奠前辈忠骨

小家服从国家

偏远绿洲的崛起，建设

代际儿女鲜花般贡献，滋润了草原恩典

给爱注以更大的关爱

任一世风吹过昨天、今天、未来

时间拥有了饱满的新鲜血浆

瑟瑟合声里

你的欢笑，他的欢喜，众人敬仰

熔亮天灯

注：写于 2023 年 2 月 7 日晨。

荼 蘼

黄色花开得荼蘼

地角，墙边，砖隙，陇畔

野生野长

抢占先机，以恣意蔓延

夺了玫瑰、杏花、玉兰的风头

脾性不改，喝令雕镂走开

当春水漫上岸址

春风吹绿柔柔杨柳依依

蒲公英

雄赳赳占领阡陌，庭院版图

脸盘灿灿，似精雕的微型太阳

几十朵上百千朵漫成如海花事

挡不住呀

叮咚、叮咚迎接春姑娘

眩晕不计时光

大唐芙蓉园，车水游龙入眼

光影串成线，缀圆圈

眩晕伴随迷幻，坠入

光亮璀璨的海

憧憧人影，膨胀着我的虚和实

归光影，周身也迸发火花

背景深夜

我们像金花开在火山口

数月关禁

眼球、大脑似乎失去热烈地翻滚

今夜，刚好借热闹的霓幻时光

灵魂再度川流，蹭上热搜

附：

诗集《沃野的风》付梓有感

◎ 蒋新生

　　我与湘夫人（侯湘）曾于2018年间共事于海外凤凰诗社编辑部，大家选诗组稿，撰写诗评，编辑发布，一脚踢，忙得不亦乐乎！侯湘老师性情直爽，行事严谨，编辑上很有个人特色，能突出主题与重点，对我们新人有不少帮助与鼓励，而她其后亦为网络诗坛有所贡献，建树不少！如今她的诗集《沃野的风》付梓，祝一纸风行，洛阳纸贵！

　　自古以来，文化人士推崇三立：立德、立功、立言！他们以此作为人生不朽之最高目标！立德是长久的事，有诸内而形诸外，文化人士冷暖自知！立功牵涉命运与际遇，文化人士大多特立独行，往往君子固穷，大多在红尘俗世中浮沉而已！而立言就成为文化人最后、最重要的人生目标了！诗友们出诗文集，我都会发出由衷的赞赏。诗文集就好比他们的孩子，人家生了儿子女儿，无论是弄璋还是弄瓦，总是喜事，我们沾沾喜气，也是好的！我看到诗友们一个个出集子，心生羡慕之余，也不禁欣慰！在如今网络盛行，影像逐渐代替一切阅读媒体的功利时代，依然有一群不忘初心而默默奉献，不计得失的文字工作者，静静地守在这片最后的精神田园！在此大背景下，湘夫人《沃野的风》出场了！

湘夫人母亲是湖南人，1952 年王震率领 8000 名湘女入新疆，她母亲就是其中一名！湘夫人少年时代随父在新疆生活，中年随丈夫调至西安，做过老师、记者以及编辑等工作，退休晚年随女儿旅居新西兰。她的人生历程兼跨中外，横越天山南北与古都西安。黄沙瀚海的驼铃，青葱绿洲的羊群，西安古城墙的夕阳枯草，河西走廊的荒漠甘泉，成就了湘夫人笔下的旖旎风光。

湘夫人勤于笔耕，用她的话来讲，出诗集是"记录生活，记录友谊"！自古文以载道，文艺来源于生活，又从生活中提炼出真义来。新诗也不例外。在海外凤凰诗社共事期间，湘夫人、日本季风与我曾经一起评论过新西兰诗人淑文的《缘由》，开启了个人网络诗评新一页。而湘夫人的诗评匠心别具，或许这是她报纸刊物编辑出身的缘故吧！有一天，我与她、加拿大竹笛等几个女诗人闲谈，湘夫人赞好我的诗评，旁边几位聪明绝顶的女诗人即刻起哄，蒋老师帮我写诗评啦！我哪里会写诗评？一时间大窘！湘夫人鼓励我，讲了一句：好，好，好，蒋老师就帮你们一人写一首吧！我还未答应，几个大美女即时大声赞好。好啊！好啊！世上的女诗人不少，但好的女诗人不多，而且绝顶聪明的更不多，那天我全遇上了！我心想，既然人家称我是蒋老师了，即使绞尽脑汁，我也要作几篇文字出来了。后来，我果然帮她们一人写了一篇诗评，事后读来，我依然觉得是较有质量的创作。之后我们的友谊一直保持，今天湘夫人出诗集，我理当鼎力，以言续友情。

2023 年 1 月

蒋新生：香港作家、诗人。

后 记

在我的诗集《沃野的风》出版之际，收到了来自海内外许多诗友的祝福，我感到欣慰，在此表示诚挚的感谢。由于篇幅所限，特选辑了几位诗友的词，以飨读者。

中国作家协会会员、陕西省网络作家协会副主席、西安网络作家协会主席。中国书海小说网总编辑紫芒果：沃野沛风滋润诗文，湘伴聚义皆为良辰。

上海著名国际女诗人Anna惠子：恭湘夫人《沃野的风》诗集出版！诗歌是灵魂里的玫瑰，去采集它吧！

中国作家协会会员、《燕山》主编、辽宁作家协会会员白频：今欣然得知，湘夫人诗集出版，这是姐姐的心血大作，祝愿早日面世，一阅精髓、真谛，早日一睹芳容。

中国作家协会会员，出版诗集十多部，现居福州，奥克兰，新西兰华文作家协会副会长哈雷：恭新书出版，用俊美诗句铺就，新西兰的黑沙滩，宝石般的沙粒，是诗人一次次心跳的结晶。

西班牙华文福林诗社总编山林：祝湘夫人出版《沃野的风》！

澳大利亚诗坛期刊主编积民：恭湘夫人《沃野的风》付梓出版发行。她的诗，细腻中见力道，平常中见深度，呼吁中见真情，火热中见柔情，屡屡闪现生命的伟岸之光。感谢湘夫人为中华文坛奉献佳作，祝愿她的创作更上一层楼。

香港作家协会副会长胡金全：

沃野之风，诗意万里。

沃野无边，诗意无限。

人生徜徉，美篇弥望。

诚旅新西兰诗人湘夫人诗集《沃野的风》吹拂诗坛，绽放春天的光芒！

美国华文著名诗人陈金茂：恭诗集出版！

加拿大华文诗人心漫：尊敬的湘夫人老师，您的谦虚涵养学识和美好让我温暖，助我前行，您的诗是歌是美是沃野的风，更是爱，心漫无限祝！

美国华文诗人思乡：贺湘夫人诗集《沃野的风》

出版!

> 沃野之风携梦倾
>
> 初萌绿草满腔情
>
> 时光荏苒诗魂铸
>
> 馥郁芬芳心素诚

西安诗人无定河：祝诗集出版。《沃野的风》将吹响热爱诗歌的心灵，吹向美好的明天。

香港诗人联盟副主席冼冰燕：祝湘夫人新书一纸风行！沃野辽阔，风随诗转。

新西兰华文诗人白云从容：贺《沃野的风》隆重面世！繁花杂草遇清泉，品来回甘。

新西兰华文诗人木头脑子：恭喜恭喜，祝诗集出版。

新疆女诗人翟余瑛：这些年侯老师的诗作越发炉火纯青，一路走来，栉风沐雨，用心感受生活中的点点滴滴，随手捻来，如星光如荧光，照着自己，也辉映着身边人。

大学同窗柳红雷（且徐行）：二十岁相逢于校园，那时的我们，青春洋溢，放眼望去，到处是诗和远方。六十岁后你复归故里，看过世界，历经沧桑，仍然诗意盎然，令人回味。

大学同窗张宁：诗意写春秋，诗意铺就心路历程，诗歌礼赞生命，笔耕不辍，佳作翩翩。

闺蜜郭晓娟：侯湘是我儿时的朋友，我很喜欢她的诗文，文字简练寓意深刻，语句优美，让人过目不忘。看她的诗对我来说是一种精神享受。祝她新诗集出版，这样我可以一饱眼福了。

知青朋友周玉华：才女耕耘文坛，字里行间清爽，知青友谊长存！

《文学艺术网》主编叶发明：文字如莲花般纯净，诗情若嫩芽之抽枝。恭湘夫人《沃野之风》出版！

北京部队纪东明：文采出众，笔墨出心。

人民日报《海外网》专栏作家、河南省作家协会会员盎然：祝姐姐，开心！湘夫人兰心蕙质，诗典雅有致，语言清丽隽永，有家国情怀，有借物明心，气度不凡，值得细品。

……

说真的，是爱人和朋友的一再催促，才有了这本诗集《沃野的风》。敬请各位文友走进我的沃野，打开我的心扉，在我用心、用情、用智燃起的灯盏里，分享我的诗意。不敢说启迪来者，只愿我们都能清醒活在当下，稳妥把握良辰，一切都不算晚！

感谢西安外院曹老兄的推荐，感谢西安出版社徐妹编辑的精心。

感谢夫君于聚义的鼎力。敬请读者批评指正。

侯 湘

2023 年 2 月 14 日于古城西安